# 神探夏洛克

## SHERLOCK

[英] 阿瑟·柯南·道尔　[英] 本尼迪克特·康伯巴奇　著

黄诗雅 译

⑤

陕西师范大学出版总社

图书代号：SK15N0229

This book is published to accompany the television series entitled *Sherlock,* first broadcast on BBC1 in 2011.
*Sherlock* is a Harstwood Films production for BBC Wales, co-produced with MASTERPIECE.
Excutive Producers:Beryl Vertue, Mark Gatiss and Steven Moffat
BBC Excutive Producer:Bethan Jones
MASTERPIECE Executive Producer:Rebecca Eaton
Series Producer:Sue Vertue
First published by BBC Books in 2012, an imprint of Ebury Publishing.A Random House Group Company
Introduction © Benedict Cumberbatch
版权登记号：25-2015-005

**图书在版编目（CIP）数据**

神探夏洛克.5／（英）柯南·道尔，（英）康伯巴奇著；黄诗雅译．—西安：陕西师范大学出版总社有限公司，2015.4
　ISBN 978-7-5613-8072-7

　Ⅰ.①神…　Ⅱ.①柯…②康…③黄…　Ⅲ.①侦探小说—英国—现代　Ⅳ.①I561.45

　中国版本图书馆CIP数据核字（2015）第033699号

**神探夏洛克.5**

SHENTAN XIALUOKE 5

[英]阿瑟·柯南·道尔　[英]本尼迪克特·康伯巴奇著　黄诗雅译

| | |
|---|---|
| **责任编辑** | 焦　凌 |
| **责任校对** | 王西莹 |
| **特约编辑** | 陈　彻　庄馨丽 |
| **出版发行** | 陕西师范大学出版总社 |
| | （西安市长安南路199号　邮编710062） |
| 网　　址 | http://www.snupg.com |
| 经　　销 | 新华书店 |
| 印　　刷 | 山东临沂新华印刷物流集团有限责任公司 |
| 开　　本 | 880mm×1180mm 1/32 |
| 印　　张 | 6.5 |
| 插　　页 | 1 |
| 字　　数 | 128千 |
| 版　　次 | 2015年4月第1版 |
| 印　　次 | 2015年4月第1次印刷 |
| 书　　号 | ISBN 978-7-5613-8072-7 |
| 定　　价 | 26.00元 |

读者购书、书店添货或发现印装有问题，请与营销部联系、调换。
电　话：(029) 85307864　85303629　　传　真：(029) 85303879

# 引 言

"福尔摩斯先生,这脚印是只大猎犬留下的!"

多好的一句话。

写完了。

等一下,您是让我给本书写一个完整的引言吗?

(假如这是一幕音乐剧,我们就会这样谈论。"猎犬!"一幕音乐剧……有主意了……集中精力,康伯巴奇!)

马丁·弗瑞曼决意要在不久的将来把这个系列更名为"约翰",这是他策划的那个活动吗?毕竟,这是所有原创故事中最受欢迎而且最为恐怖的一个,然而众所周知的是,十五章内容中,福尔摩斯居然缺席了六章。这是怎么回事儿呢?

很明显,是因为这一只狗!抱歉,我觉得自己有些透露剧情

i

的嫌疑……

可是福尔摩斯通过四处打探，很快就搞清楚了，那只硕大无朋的狗就在附近，我们随后便回到贝克街221号，打开酒柜，还从烟盒中抽出一支雪茄。不管怎样，难道马克·加蒂斯不应该这么写吗？我们的版本是他写的，而他也养了一只狗！名字叫本森！不过公平地说，对马克（还有本森）而言，火光并未从"张开的嘴中迸射而出"（除非他前一天晚上吃了些臭腌鱼），眼睛里闪烁着的也不是"因郁积愤懑而怒视的厉光"，"项毛还有下巴的垂皮"也没有在"火光"中浮现出轮廓。本森翻身的时候，嘴角挂着一缕口水，还让你挠挠他的肚子，这倒是真的……

我与福尔摩斯"结缘"较晚，大约是三年前才开始的这份缘分，而这份缘还在持续进行。迄今，我已遍阅福尔摩斯所有的故事，可在起初刚入门的时候，我不得不依赖史蒂芬·莫法特和马克·加蒂斯，他们两位是我所知道的对福尔摩斯最为痴迷的人。我本能地循着他们的指引来扮演天底下最伟大的侦探（有待商榷，但我觉得他确实是个全能人才）。我很幸运，他们碰巧是我们国家最棒的编剧，这不是在虚张声势。从头开始阅读的时候，我是先从《血字谜案》入手的。我意识到这些书可以作为任何特性描述的蓝本，而对于扮演福尔摩斯的人来说，这确实是一份大礼。

可能是职业使然，华生医生是一个观察力很敏锐的人。（嗯，他看到了，但总是没有注意到，需要福尔摩斯经常提醒。）然而，正是他的陪衬，才让福尔摩斯的形象跃然纸上，这样说来，华生也是很有才华的。我的阅读随着案情调查的深入而步步深入。我对所有事物的钟爱无不与这些传奇故事有关联。阅读《神探夏洛克》就是一份家庭作业，能够这样说也是一件令人感到高兴的事情。哎呀，这就是我的演员人生。

华生为福尔摩斯的早期形象做过一段很精彩的描述：当我注视着他的时候，脑海中总不免会浮现出一只血统纯正、训练有素的猎狐犬在穿越丛林时前冲后突的情景，它急切地哀鸣着，直到发现遗失的痕迹。福尔摩斯后来描述自己是"一只猎犬"而不是"一只狼"，当他循着痕迹追踪的时候，就跟一只猎犬一样显得极度兴奋。有时在贝克街221号的壁炉边，他又会表露出犬科动物习性的另一面——一副昏昏欲睡、心烦意乱而又神情恍惚的样子。可卡因不像是人类的好朋友，但福尔摩斯却总是去注射这种浓度为7%的溶液。

在《神探夏洛克》中有许多犬齿动物——有的狗晚上狂吠不停，有的却悄无声息。在《格洛里亚·斯科特号》中，有一段描写说，福尔摩斯在上大学的时候，被一只牛头犬咬伤了，花了整整十天时间才得以康复！接下来又描写了一只稀奇的混血狗，它的名字叫透比，是由斯班尼犬和勒车犬杂交的（这种狗只继承了格力犬和爱尔兰猎狼犬的一半血统，不是吗？集中精力，康伯巴奇！）。无论如何，还是少去想勒车犬让斯班尼犬受孕的情景（心里想着的确就是那么回事……我觉得体型大小在这个实例中还真占上风），而多想一想福尔摩斯宁肯从它那里获得帮助，也不想劳烦整个伦敦的侦探力量。

但是,在《神探夏洛克》中,实际上极为关键的狗只有一只。它不幸地穿梭在达特穆尔高原的迷雾中——古老的诅咒在整个巴斯克维尔家族身上应验了!

记得初次了解这段美妙的故事,是别人读给我听的,不是哪位老师就是我的父亲。我父亲是个极为风趣的人。记得自己着实让这些鬼故事成分给吓着了,然而却又觉得很放心,因为我们的主人公会孜孜不倦地通过逻辑推理来破除迷信。等一等!华生医生被派往达特穆尔高原去了……只身一人去的!在最近的BBC版福尔摩斯中,我们花了好几天时间进行外景拍摄,跳出伦敦去寻找故事中的另一主角:达特穆尔高原。那里风景宜人,丘陵起伏,山谷绵延,与宽阔壮丽的达特穆尔高原相映成趣,放眼望去,无边无垠,可将一抹夕阳尽收眼底。只是日落西山后,天气很快就会变冷,如画的风景也会随之摇身一变,成了一派陌生而荒凉的景象。就是这块荒凉而美丽的地方,被柯南·道尔巧妙地勾画成了一处山岩林立、迷雾朦胧的梦魇之地。吵闹声听起来越来越近,你的胸口一紧,觉着一股恐惧袭来,伸出双手却什么也抓不着。就在这时,远处传来一阵嚎叫……听起来痛苦而绝望,令人毛骨悚然。这是一只饥肠辘辘、满腔仇恨的野兽的嚎叫声。

所以,如果这是您第一次阅读,欢迎您的光临,我很羡慕您,因为接下来的书页将更精彩,有着无数惊心动魄的场面在等候着您。如果您是"老友重访",请原谅我占用了您的时间。女士们先生们,《神探夏洛克》中最著名、最真挚、最恐怖而又最大气的作品将荣耀登场,它就是《巴斯克维尔的猎犬》。

这样写还行吗?我能再写一遍吗?这不像是影片摄制,您说这话是什么意思……?

哦!

       本尼迪克特·康伯巴奇
      (英国著名演员,《神探夏洛克》主演)

# SHERLOCK | 目录

| 第一章 | 夏洛克·福尔摩斯先生 | 1 |
| 第二章 | 巴斯克维尔的诅咒 | 9 |
| 第三章 | 问题 | 19 |
| 第四章 | 亨利·巴斯克维尔爵士 | 31 |
| 第五章 | 三条断了的线索 | 45 |
| 第六章 | 巴斯克维尔庄园 | 59 |
| 第七章 | 梅里丕的主人斯台普顿 | 71 |
| 第八章 | 华生医生的第一份报告 | 87 |
| 第九章 | 华生医生的第二份报告 | 97 |
| 第十章 | 华生医生日记摘录 | 119 |
| 第十一章 | 山岩上的男人 | 133 |
| 第十二章 | 沼泽地上的惨案 | 147 |
| 第十三章 | 撒网 | 161 |
| 第十四章 | 巴斯克维尔的猎犬 | 175 |
| 第十五章 | 回顾 | 187 |

# 第一章

## 夏洛克·福尔摩斯先生

夏洛克·福尔摩斯先生正坐在早餐桌旁,除非彻夜未眠,否则他通常都很晚起床。我站在壁炉边的地毯上,拿起前晚一位客人遗留下的手杖。这根手杖的木材上佳,且非常厚实,手柄为球形,是有名的"山槟榔木手杖①"。手柄下环绕着一条宽约1英尺的银带,上面刻着"致詹姆斯·莫蒂默,M.R.C.S.,C.C.H. 的朋友敬献",日期写着"1884年"。这是老式家庭医生常携带的手杖——代表着尊严、坚毅及安全感。

"华生,你怎么看?"

福尔摩斯此时正背对着我,我也没告诉他我在干什么。

---

① 山槟榔木手杖,(做此种手杖的)尖叶山槟榔木产于东南亚。

"你怎么知道我在干什么的？你后脑勺长眼睛了吧。"

"我面前倒是有一个擦得锃锃发亮的银质咖啡壶。"他说道，"华生，告诉我，你对我们客人的这根手杖有什么看法？我们不幸无缘跟他见上一面，也不知道他委托的是什么事情，所以这根意外的纪念品就变得尤为重要。且让我听听你通过检查这根手杖对此人重组的信息吧。"

"我认为，"我尽最大的努力运用我朋友的方法进行推理，"莫蒂默博士是一名成功的老医生，而且十分受人敬重，因为认识他的人出于感激送了他这根手杖。"

"不错！"福尔摩斯说，"棒极了！"

"而且我认为他应该是一名经常走路去问诊的乡村医生。"

"为什么？"

"因为这根原本光鲜亮丽的手杖现在已经变得破破烂烂，很难想象城里的医生会把它用成这样。手杖顶端厚厚的铁质金属包箍都被磨薄了，很明显他用这根手杖走了许多路。"

"听上去太完美了！"福尔摩斯说。

"还有，手杖上刻着'C.C.H. 的朋友'，我猜应该是某个打猎队的缩写[①]，他可能曾经为这支打猎队的成员进行过治疗，而这根手杖就是他们送给他的致谢礼物。"

"华生，说真的，你可是胜过平常呀。"福尔摩斯说道。他把

---

[①] 某打猎队的缩写，H 为英文单词 hunt 的首字母，华生故作此推测。

椅子往后一推，点上一根雪茄。"我得说你平时善于描述我个人小小的成就，却习惯性低估了自己的能力呀。你可能不知道自己的闪光点，但你却是引导光明的人。有些人虽不是天才，却有着卓越的能力激发天才。亲爱的朋友，我承认你给了我很多启发。"

他之前从未说过这么多话，我得承认这话让我很愉快。我常感不悦，因他对我的赞赏无动于衷，而且对我将他的推理方法公之于世所做的努力也漠不关心。但同时我也感到很骄傲，因为我终于掌握了他的推理系统，并赢得了他的赞誉。现在他从我手中拿过手杖，并用肉眼检查了几分钟。他放下雪茄，把手杖拿到窗边用凸透镜再仔细检查。

"很有趣，虽然简单，"他说着走到最喜欢坐的沙发一角，"这根手杖肯定有一两条线索，据此可以做出一些推理。"

"我还漏了什么吗？"我自负地问，"我相信已经没有遗漏了。"

"亲爱的华生，恐怕你刚刚的推理大部分都是错的。我之所以说你激励了我，老实说，我的意思是有时你的错误会把我引导至真相面前。你刚才说的也并不全是错的，这个人肯定是一名乡村医生，他也的确走了许多路。"

"那我的猜测就对了。"

"某种程度上。"

"这就是我们知道的所有信息。"

"不，不，亲爱的华生，还有——这绝不是全部信息。比如，这份赠礼更有可能是来自于一间医院而不是打猎队，首字母缩写为

C.C.的医院自然就是查令十字医院①了。"

"你说的可能对。"

"很可能如此。如果我们将其视作可行的假设,那我们就能对这位素未谋面的客人重新推理了。"

"那么,假设'C.C.H.'的确是指查令十字医院,我们可以怎么样进一步推理?"

"这难道还不够清楚吗?你知道我的推理方法的,运用它们!"

"我只能想到一个明显的结论,那就是这个人在去乡村前曾在城里行医。"

"我认为我们能推理出更多。在阳光下看看这里,这根手杖最有可能是什么时候赠送的?他的朋友是什么时候聚在一起决定送他这份礼物的?很明显是在莫蒂默医生决定离开医院自己开业行医的时候。我们知道有一个赠送仪式;知道他从城里的医院转到乡村诊所行医。那么据此推理,我们的客人正是在这次转业时被赠予手杖,这应该不为过吧?"

"看起来是这样的。"

"现在你会发现他应该不是医院员工,因为能担任这个职位的人在伦敦医学界一定很出名,这么有声望的人是不会去乡下的。那他的职业是什么呢?如果他在医院又并非医院员工,那么他只能是外科住院医生或是内科住院医生了——这两个职位比医学院学生稍

---

① 查令十字医院,Charing Cross Hospital,位于伦敦中部查令十字区。

微高一点。他是在五年前离开的——手杖上有日期，所以你推测的严肃中年家庭医生形象已经烟消云散了，我亲爱的华生，取而代之的是一个年近三十的男子，和蔼可亲，无雄心壮志，为人健忘，还养了一条狗，这狗大概比梗犬大但比獒犬要小。"

我半信半疑地笑了起来。福尔摩斯坐回沙发上，几缕烟圈在天花板下盘旋。

"对于后半部分，我无意纠错。"我说道，"但至少要找到关于这位客人年龄和职业的详情并不是很困难。"我从书架上拿下一本医学业名录，翻开名字那一页——有好几个莫蒂默，但只有一个是我们的来客。我大声读出他的记录。

"詹姆斯·莫蒂默，1882年毕业于皇家外科医学院，德文郡达特穆尔格林盆教区。从1882年到1884年任查令十字医院住院医生。凭一篇名为'疾病是否隔代遗传'的论文获杰克逊比较病理学奖。瑞典病理学会会员，著有《返祖怪胎》（《柳叶刀》，1882年）《我们进步了吗？》（《心理学杂志》，1883年3月）。格林盆、托尔斯列和海巴洛教区的卫生官员。"

"没提及打猎队呀，华生。"福尔摩斯的脸上挂着淘气的微笑，"但你已经很敏锐地察觉到他是一名乡村医生。我想我的推理都已经被证实了。至于那些形容词，如果没记错的话是和蔼可亲、无雄心壮志和为人健忘。因为据我的经验，只有一个和蔼可亲的人才会收到一份纪念品；只有一个无雄心壮志的人才会甘愿放弃伦敦的工作去乡村；也只有一个健忘的人才会把手杖留在这儿并且在房间里等了一小时都没留下他的名片。"

"那狗呢？"

"习惯叼着手杖跟在主人身后。因为很重所以紧紧地咬着中间，齿痕清晰可见。从这些齿痕的间距可以看出狗的下颌比梗犬大但比獒犬小，有可能是——是的，哎呀，是卷毛史宾格犬。"

他边说边站起来踱步，最后停在窗前。他的声音中透露着确定，这使我惊讶地盯着他。

"我亲爱的朋友，你怎么能如此确定呢？"

"原因很简单，那只狗已经站在我们门前的台阶上了，而且它的主人按门铃的声音也已经传上来了。华生，请你别走开，他是你的同行，你在这儿可能帮得上忙。华生，现在是决定命运的一刻了，你能听到踩在台阶上的脚步声吗？每一步都在走进你的人生，但你对其好坏却一无所知。到底是什么驱使詹姆斯·莫蒂默医生——一位科学之子，来找犯罪专家夏洛克·福尔摩斯呢？请进！"

来客的相貌让我很意外，我本以为会看到一名典型的乡村医生。他长得高而瘦，长鼻子像鸟喙般突出在双眼之间，机敏的灰色眼睛从金丝眼镜后折射出光芒。他身着邋遢的职业装束，礼服大衣又黑又脏，裤子也已被磨破。虽然年轻，颀长的后背却已经佝偻，走路时头往前倾，带着一丝贵族般的慈祥，进来时他的眼光落在福尔摩斯手中的手杖上。只见他跑过去开心地叫了起来："太好了，我不确定是把它落在船运公司还是这儿了，就算失去全世界我也不能失去它。"

"是礼物吧？"福尔摩斯说道。

"是的，先生。"

"查令十字医院的人送您的吗？"

"我结婚时那边有几个朋友送的。"

"哎呀，哎呀，太糟了。"福尔摩斯边说边摇头。

莫蒂默医生惊讶地眨了眨镜片后的眼睛。

"太糟了？"

"因为您纠正了我们的一些推理。您刚刚说您已结婚了？"

"是的，先生。我结婚了，因此我离开医院想自己开一家咨询诊所。能有自己的家对我来说很重要。"

"还好，还好，我们的推理并非相去甚远。"福尔摩斯说，"那么詹姆斯·莫蒂默医生——"

"叫先生就行了——我只是一个小小的皇家外科医学院学生。"

"很明显还是一个头脑清晰的人。"

"对科学略懂皮毛罢了，福尔摩斯先生，就像是在浩瀚无垠的大海边捡贝壳的人。我猜您就是福尔摩斯先生吧，而不是——"

"对，这位是我的朋友华生医生。"

"先生，很高兴认识您。因您朋友的缘故我也听过您的大名。福尔摩斯先生，我对您很感兴趣，想不到您的头骨会这么长，眼眶这么深。介意我的手指摸一摸您的顶骨缝吗？在拿到您的头骨前，您的头骨模型放在任何一间人类学博物馆都会是绝佳的装饰。希望您别觉得我谄媚，可我得承认我真的很想要您的头骨。"

福尔摩斯先生招呼这位陌生客人坐在椅子上。"我猜先生您一定时常思考本行问题，就跟我一样。"他说，"从您的食指看得出来您习惯自己卷烟吧，请尽情点上一根。"

只见这位先生娴熟地用纸将烟草卷起来。修长微抖的手指犹如昆虫的触须，不停卷着烟，动作利索。

福尔摩斯一言不发。但他不时看一眼莫蒂默医生，我知道他对我们这个伙伴很感兴趣。

"先生，我猜，"他终于打破沉默，"您昨天跟今天来这里的目的绝不仅仅是来检查我的头颅吧。"

"噢，当然了，先生——虽然我很高兴能有机会这么做。福尔摩斯先生，我来找您是因为我深谙自己头脑愚钝，但我突然遇到一个最为严峻且不寻常的问题，而我知道您在这方面是欧洲第二的专家——"

"的确，先生！不过请问谁能有如此殊荣堪称欧洲第一的专家呢？"福尔摩斯略微粗暴地问道。

"就精确的科学头脑而言，贝蒂荣先生[①]的工作是最出色的。"

"那您何不咨询他呢？"

"先生，我说过了，他是有精确的科学头脑，但在实际运用中你才是第一流的。我相信我没有在不经意间——"

"有一点。"福尔摩斯说，"莫蒂默医生，请您直接切入正题告诉我到底是什么样的问题需要帮忙吧。"

---

[①] 阿方斯·贝蒂荣（1853—1914年），发明了名为"贝蒂荣识别法"的罪犯识别系统，被誉为"指纹鉴定之父"。

## 第二章

## 巴斯克维尔的诅咒

"我的口袋里有一份手稿。"詹姆斯·莫蒂默医生说。

"你刚进来时我就注意到了。"福尔摩斯说。

"这是一份古老的手稿。"

"18世纪早期,除非是赝品。"

"您是怎样判断的?"

"我注意到你说话时手稿有一两寸一直是外露的。一位专家如果连近十年内的文件都不能辨别日期的话,那他真是太糟了。你可能也读过我在这方面一些小小的专著。是1730年左右的文件吧?"

"确切的是1742年。"莫蒂默医生把手稿从胸前的口袋里拿了出来,"这张手稿是查尔斯·巴斯克维尔爵士嘱托我保管的。三个月前他的暴毙在德文郡引起了很大轰动。我是他的私人医生,也是他的朋友。先生，他不像我这么刻板，是个意志坚定、精明实干的人。他十分重视这份文件，而且早就做好了像这样突然离去的心理准备。"

福尔摩斯伸手接过手稿，将它放在膝盖上抚平。

"华生，看。小写 S①的长短是帮我确定日期的细节之一。"

越过他的肩我看到泛黄的纸上印着褪色的字。"巴斯克维尔府"赫然印于卷首，卷下潦草的笔迹写着："1742。"

"好像是某种声明。"

"是的，关于巴斯克维尔家族所流传的传说声明。"

"可您应该是为了最近发生的实际问题才来找我的吧？"

"的确。事实上事态紧急，得在二十四小时内做决定。手稿很短而且跟此事联系紧密，请允许我为您读一下手稿。"

福尔摩斯顺从地靠回椅子。他合上眼，指尖并拢。莫蒂默医生把手稿拿到灯下，用高而沙哑的声音读起这段有趣而古老的故事。

关于巴斯克维尔的猎犬一事众说纷纭，但我身为雨果·巴斯克维尔的直系后代，我听到的故事是我父亲流传下来的，而他也是如此。我相信这事的确发生过，因此我将其记录下来。儿子们，我希望你们相信正义会惩罚罪孽，但也会仁慈地饶恕它，而这谴责是如此沉重，兴许只有祈祷和懊悔才能将其洗净。你们不要害怕以前所造的孽，要从这

---

① S 的小写，1800 年前小写 s 的形式为 ʃ，用于单词首字母以及中间，后被废除。

个故事中学会以后行事必须谨慎，先辈做过的事让我们世代承受恶果，我们永远都不能重蹈覆辙。

在大叛乱时期（关于这段历史我建议你们看看学识渊博的克拉伦登勋爵的著作），巴斯克维尔庄园乃雨果·巴斯克维尔所有。他绝对是个亵渎神灵、生性放荡的人。事实上，如果仅是如此，他的邻居可能还会原谅他，因为基督教在这里就没兴盛过。但任性残暴的性格使雨果这个名字在西部地区臭名昭彰。他爱上了一个农民的女儿，这家人在巴斯克维尔庄园附近有自耕地。可慎重而声誉清白的女孩一听到他的名字就唯恐避之不及。在某个米迦勒节①，雨果和他六个好逸恶劳的朋友从农场拐走了女孩，因为他很清楚女孩的父亲和兄弟此时不在家。到了庄园后他们把女孩锁在楼上的寝室，之后便继续他们的夜间传统——痛饮狂欢。楼下的唱歌声、叫喊声还有可怕的咒骂声让女孩惊恐万分，人人都说谁要是重复一遍雨果·巴斯克维尔的醉话肯定得遭天谴。惊恐之下她做出了连最勇敢、最敏捷的人都不敢做的事——她借助攀附在南墙上的常青藤从屋檐爬了下去，穿过沼地往家里跑，而她家离庄园足有3里格②远。

过了一会儿，雨果带着食物和酒上来（说不定还有更糟

---

① 米迦勒节，基督教节日，纪念天使长米迦勒。
② 里格，旧时长度单位，1里格约等于4000米。

的东西），却发现笼中的鸟儿飞走了。不出所料，他如魔鬼附体般飞奔下楼，跳上饭厅的长桌把酒壶和木盘一脚踢飞，朝他的同伴嚷嚷说，就算要把自己的身心出卖给恶魔，也要把这女孩逮住。他的朋友们都被吓得呆若木鸡，但其中有一个更恶毒的——也可能是更醉的人突然提议把猎犬放出来追她。雨果一听马上跑出去叫马夫上鞍，并放出猎犬。他把女孩的头巾拿给猎犬闻，之后就把狗一窝蜂轰出去，阵阵狂吼在洒满月光的沼地上回荡。

事情发展得如此迅速，以至于这群猪朋狗友都被惊得目瞪口呆，一时无法理解发生了什么。等他们终于意识到了这一切，现场变得一片骚乱，有些忙着找手枪，有些忙着去牵马，还有些忙着再拿瓶酒喝。最后他们疯狂的脑袋都清醒了几分，于是便全体上马追了过去。趁着皎洁的月光他们策马疾驰，往女孩回家的必经之路赶去。

大概赶了一二英里路，他们碰见一个守夜的羊倌，便问羊倌有没有看到女孩。据说那羊倌吓得都说不出话了，最后才说他的确看到了那个可怜的女孩，身后还被一群猎犬追着。'还不止这些呢。'羊倌说，'我看到雨果·巴斯克维尔骑着黑马经过，后面还跟着一只一声不吭的恶魔大猎狗。上帝呀，可别叫它再在我面前出现。'于是这群醉酒乡绅一边咒骂着羊倌一边继续赶路。突然，他们的心凉了半截。近处传来马蹄疾驰的声音，眼前跑来一匹口吐白沫的黑马，马笼头拖在地上，马鞍上却是空的。这群人便紧挨着彼此继续往前骑，尽管害怕，他们还是穿过了沼地。如果当时只有一个人，估计他们都会转身回去。就这样慢慢地骑着，他们终于发现那群猎狗。这些血统骁勇的猛犬此刻正挤在沼地一处深沟的尽头低头呜咽，有些已经偷偷溜走，有些则死死地盯着前面狭小的谷底，颈毛直竖。

如你们所想，这群人要比来时更清醒了几分。他们停了下来，大部分人无论如何都不肯继续向前，其中三个最大胆的——或许是醉得最厉害的，则斗胆走下谷底。宽阔的空地上有两块古人立下的大石头，它们至今还立在那儿。月光皎洁，空地中央躺着那位可怜的少女，她已因恐惧和疲劳身亡。可让这三位莽汉头发直竖的不是少女的尸体，也不是在她身边的雨果·巴斯克维尔的尸体，而是一只像猎犬、却比任何猎犬都大的黑色巨兽，正在撕咬雨果的喉咙。这怪兽把雨果的喉咙扯下来，转过头盯着他们，目光凶残，下颌还在滴血。三个人惊得一边尖叫一边骑马狂奔，吓得落荒而逃，有人说一个人当晚就被吓死了，另外两个则终生精神错乱。

我的儿子，这就是使我们家族承受这么多痛苦的猎犬传说的由来。我之所以记下来，是因为清楚地知晓故事的来龙去脉总比因道听途说而担惊受怕要强。不可否认我们家族的确有许多人不得善终，死得突然、血腥又神秘。且让我们接受天命女神的庇佑，使第三代、第四代被圣经告诫的无辜子孙不至于遭此诅咒。至于天命,我只能建议你们,当夜幕降临时少到沼泽地去,因为此时邪灵的力量最强。

[这是小雨果·巴斯克维尔留给儿子罗杰和约翰的家书,并嘱咐他们不能将此事告知他们的姐姐伊丽莎白。]

莫蒂默医生念完这封奇怪的家书。他把眼镜推上额头,盯着坐在他对面的福尔摩斯。福尔摩斯打了个哈欠,把烟蒂投进火里。

"怎么样?"他问,"有发现什么有趣的地方吗?"

"的确有趣,对收集传说的人来说。"

莫蒂默医生从口袋里掏出一张叠好的报纸。"福尔摩斯先生,我给您看看最近发生的一件事吧。这是今年5月14日的《德文郡纪事报》,上面简要记载了前几天查尔斯·巴斯克维尔爵士逝世的事情。"

福尔摩斯身体稍向前倾,眼神也变得专注起来。我们的客人戴上眼镜,开始读报:"查尔斯·巴斯克维尔爵士的突然逝世让德文郡举哀,据悉他有可能是中德文郡下任选举的自由党参选人。巴斯克维尔爵士在庄园居住的日子虽短,但其慈爱慷慨的性格已博得众人尊敬。在新贵暴增的今日,能看到一位古老家族的后裔在此世风日下的时代凭一己之力致富并把财富用于重振家声,着实让人为之振奋。众所周知,查尔斯爵士在南非的投机买卖中发财,有别于那些不输到赔钱不罢休的人,查尔斯爵士精明地带着他的巨额财产回国。他住在巴斯克维尔庄园仅两年,庄园重修规模之大自不必说,可现在已经因为他的逝世而陷于停顿。因膝下无儿,爵士生前曾公开表示在他有生之年所有德文郡居民都能受他的资助,他的逝世无疑令许多人悲伤不已。他对本地的慈善之举亦常被本报提及。

"验尸结果尚未能完全消除查尔斯爵士逝世之疑窦,但至少能驳回乡间流传的迷信谣言,所谓的谋杀推测或非正常死亡都毫无根据。查尔斯爵士乃鳏夫一名,在某些方面可能被认为性情古怪。尽管财富可观,但他的生活一切从简,家中只有一对姓巴里摩尔的仆人夫妇,分别担任男女管家。他们声称爵士的健康状况日趋恶化,尤其是心脏病极为严重,这一点同时也被查尔斯爵士的几个朋友所证实。爵士有时会脸色突变、呼吸不畅以及突然神经衰弱,詹姆斯·莫蒂默医生——即爵士的家庭医生及朋友,也证实了以上说法。

"案情很简单,查尔斯·巴斯克维尔爵士习惯每晚临睡前去巴斯克维尔庄园著名的紫杉小径散步,巴里摩尔夫妇也称这是他的习惯。5月4日,查尔斯爵士对管家说翌日要前往伦敦,并叫他们打点行李。当晚他如常散步,并按习惯点了雪茄但却一直没回来。到了晚上十二点,巴里摩尔夫妇发现庄园的门还开着,遂起了疑心。巴里摩尔先生便点上灯去找主人。当晚天气十分潮湿,因此查尔斯爵士在小径上留下的脚印清晰可见。路中间有道门能通往沼泽地,证据表明查尔斯爵士曾在那儿短暂逗留。巴里摩尔继续往小径走,最后在尽头非常远的地方找到查尔斯爵士的尸体。有一点尚未能解释清楚,那就是巴里摩尔先生称他主人的脚印在经过那道门之后改变了,爵士好像是在踮着脚走路。一位叫墨菲的吉卜赛卖马人称,当时他就在沼泽地不远处,自己听到呼救声,但由于酩酊大醉,无法分辨来自哪个方向。查尔斯爵士身上并无受伤的痕迹，只有面容极度扭曲，甚至连莫蒂默医生一开始都不敢相信这是他的朋友和病人——解剖结果指出这是呼吸困难和心力交瘁常有的现象。验尸结果还表明死者长期患器质性疾病，验尸陪审团的裁决也证明了上述解剖结果。查尔斯爵士的后裔能否继承庄园，并完成爵士生前未竟之业，当下变得尤为重要。验尸官平淡无味的发现未能止息与这起事件有关的幻想故事，目前要找到巴斯克维尔庄园的新主人也是困难重重。与查尔斯爵士血缘最近的是他弟弟的儿子（假如仍然在世），即侄子亨利·巴斯克维尔爵士。这位年轻人貌似身在美洲，而找寻他继承大笔财产的工作也正在进行中。"

莫蒂默医生重新折好报纸并把它放回自己的口袋。"福尔摩斯先生，以上就是有关查尔斯·巴斯克维尔爵士死因的公开信息了。"

"谢谢你。"福尔摩斯说道，"这宗案件有几处地方提起了我的兴趣。其实那时我也注意到一些报纸的报道，但我正忙着处理梵蒂冈宝石的事件，因急受教皇的委托我就忽略了发生在英国的有趣案件。你刚刚说，这篇报道已经包括了所有公开了的信息？"

"是的。"

"那让我听听没公开的吧。"他重新靠后，十指尖交触，脸上露出不动声色的审判似的神情。

"那我就直说了，"莫蒂默医生说着便激动起来，"这些我从来没跟别人说过。我连验尸官都隐瞒的原因是认为一个相信科学的人不能公开表明他赞同谣言。而且，正如报道所言，巴斯克维尔庄园的疑窦一日未解，便不会有人愿意住进去。既然多说无用，我认为自己最好少谈。但对您，我毫无保留的必要。

"住在沼泽地的人并不多，住得近的彼此都很亲密，所以我常常会见查尔斯爵士。除了拉斐特庄园的富兰克林先生和博物学家斯台普顿先生，数十里之内都没有受过教育的人。虽然查尔斯爵士不喜同人交往，可他的病以及对科学的共同爱好将我们联系起来。他从南非带回来丰富的科研资料，我们曾一起讨论布须曼人和霍屯督人的比较解剖学，共同度过许多美好的夜晚。

"我注意到查尔斯爵士的神经系统在逝世前几个月已经变得十分脆弱。我读给您听的传说他一直铭记于心——虽然他晚上会在自己的领地散步，但绝不肯去沼泽地。福尔摩斯先生，可能您会觉得不可置信，但他深信自己的家族被可怕的命运缠绕，而他先辈的下场也似乎印证了这个传说。他总觉得有些可怕的东西在缠着他，并不止一次地问我在夜诊途中有没有看到奇怪的东西或者听到猎犬的嗥叫。后一个问题他曾颤声问过我好几次，能看得出他很害怕。

"我记得很清楚，发生意外的三个星期前，他正好站在庄园门口。当我从马车上下来走到他面前时，我发现他的眼睛越过我的肩膀，一直盯着前方，表情十分惊恐。我猛地转过身，正好瞥到一只类似黑色大牛犊的东西在大路上奔跑。虽然它跑走了，但却在查尔斯爵士的脑海里挥之不去。我整晚都陪在他身边，也就是在那时，他告诉了我关于猎狗的那个传说。我之所以提及这段小插曲是因为这可能跟日后发生的悲剧有关，可那时的我认为这不过是小事一桩，他大为紧张的表现实在是毫无必要。

"是我建议查尔斯爵士去伦敦的。他的心脏受到感染,心情也被不切实际的传说吓到而变得焦虑,健康大受影响。我认为在城镇住上几个月能让他分分神,重新振作起来。我们共同的朋友斯台普顿先生一直很担心他的健康,也赞同我的意见。没想到最后一刻还是发生了可怕的事。

"在查尔斯爵士逝世当晚,发现他尸体的男管家派了一个叫铂金斯的马夫来找我,因为我睡得晚,所以在出事后一个小时内就赶到了巴斯克维尔庄园。我核实了刚刚提及的验尸结果。从紫杉小径留下的脚印来看,我注意到他似乎在门口逗留过,而且我还发现这之后的脚印形状变了。除了巴里摩尔先生的脚印,松软的石子路上再无别的脚印。最后我仔细地检查了尸体,尸体在我来之前没被碰过。查尔斯爵士面朝下,手臂张开,手指抠进土里,整张脸因惊慌而变得扭曲,我简直认不出他来。他的确没有受伤,但巴里摩尔在聆讯中的陈述有一点是错的,他说尸体周围没有任何痕迹,他没注意到,可我注意到了——在稍远的地方,有很清晰的痕迹。"

"是脚印吗?"

"是的。"

"是男人的,还是女人的?"

莫蒂默医生奇怪地看了我们一眼,回答的声音是如此低沉,已近乎耳语。

"福尔摩斯先生,这脚印是只大猎犬留下的。"

## 第三章
## 问　题

我承认当我听到这话时浑身打了个寒战，医生说这话时自己也很激动，声音颤抖。福尔摩斯身体前倾，眼睛发亮，这说明他很感兴趣。

"你看清楚了？"

"跟我看到您一样清楚。"

"你什么都没说？"

"说了也没用啊。"

"为什么其他人都没看到？"

"脚印离尸体有20码之远，所以没人在意。要不是我知道这个传说我也不会注意到。"

"沼泽地有很多牧羊犬吧？"

"是的,但这不是牧羊犬的脚印。"

"你的意思是它很大?"

"简直是巨大。"

"但它没有接近尸体?"

"是的。"

"当晚天气如何?"

"既潮湿又阴冷。"

"但没有下雨?"

"是的。"

"小径是怎样的?"

"小径两边有高12英尺的紫杉树篱,很密,无法穿过去,中间的小径约8英尺宽。"

"树篱跟小径之间有什么吗?"

"小径旁是6英尺宽的草地。"

"紫杉树篱是不是有一处被门切断了?"

"是的。就是那道通往沼泽地的小门。"

"除了这扇门以外还有别的出口吗?"

"没有了。"

"所以只有从房子里出来或者从小门进去才有可能走到紫杉小径?"

"很远的地方有个凉亭,那里有出口。"

"那查尔斯爵士走到那儿了吗?"

"没有,他离凉亭有50码远。"

"莫蒂默医生,请告诉我——这很重要——你所看到的脚印是在小径上而不是在草地上,是吗?"

"草地上没任何足迹。"

"脚印和小门是在同一边吗?"

"是的。就在开有小门的小径边上。"

"你引起了我极大的兴趣。还有一点,门是关着的吗?"

"是关着的,而且还用锁锁住了。"

"门有多高?"

"大概4英尺高吧。"

"所以很容易翻过去?"

"是的。"

"那你在小门附近有注意到什么吗?"

"没什么特别的。"

"这就怪了!没有人检查过吗?"

"我亲自检查过了。"

"没发现任何东西?"

"有一点让我感到十分奇怪,查尔斯爵士显然在那儿待了五到十分钟。"

"你怎么知道?"

"因为他的雪茄掉了两次灰。"

"太棒了!华生,莫蒂默医生跟我们是同行啊,思路跟我们一模一样。那脚印呢?"

"在那小块砾石路上到处都是他的脚印。除此之外没有其他人的了。"

夏洛克·福尔摩斯的手不耐烦地敲着膝盖。

"要是我能在那儿就好啦!"他喊道,"这次的案件十分有趣,对研究犯罪学的专家来说也是千载难逢的机会。我本可以在这砾石路上观察到更多有趣的东西,可都被雨水和看热闹的农民破坏了。哎呀,莫蒂默医生,莫蒂默医生,你当时为什么不叫我去呢!你还真该为此负责。"

"在把事实公之于众之前我不能把您叫过来,我已经说过不能这么做的原因。而且,而且——"

"你为什么支支吾吾?"

"这中间牵涉的事情就算是最敏锐、最有经验的侦探也不一定能帮上忙。"

"你是说超自然现象?"

"我没这么说。"

"可你是这么想的。"

"福尔摩斯先生,自打那场悲剧后,我又听到一些跟自然规律不相符的事情。"

"比如?"

"我发现在这次惨案发生前有几个人声称他们曾经在沼泽地看到过类似巴斯克维尔猎犬的动物,而且绝不是现今科学所知道的生物。他们都说看到了一只会发光的动物,像鬼似的,体型巨大且面目狰狞。我已经盘问过这几个人,他们一个是头脑清晰的乡下人,一个是马蹄铁工,还有一个是沼泽地上的农民。三个人都跟我说看到了那只可怕的幽灵,简直和猎犬传说如出一辙。现在沼泽地流言四起,大家都很害怕,只有胆大的人才敢在晚上穿过沼泽地。"

"那么你——一个信奉科学的人,又是否相信超自然现象这一说呢?"

"我不知道该信什么。"

福尔摩斯耸了耸肩。

"目前我的侦探工作范围仅限于这个真实的世界,"福尔摩斯道,"我曾与邪恶作过一些斗争,但要和万恶之父抗争对我来说有点难。不过,你总得承认这脚印是实实在在的事吧。"

"这古怪的猎犬的确能撕碎人的喉咙,可又像幽灵似的。"

"我发现你已经倾向于那些超自然现象的理论家了,但莫蒂默医生,请告诉我,如果你也相信这些,那你又为何来找我?听你说话的口气就像是在说再怎么调查查尔斯爵士的死也是白费劲似的,可你又想我这么做。"

"我没说要您帮我调查。"

"那你想我干什么?"

"我想您给我些建议,我该拿即将抵达滑铁卢火车站的亨利·巴斯克维尔爵士怎么办——"莫蒂默医生看了看表,"再过一小时十五分钟他就要到了。"

"他就是继承人？"

"是的。查尔斯爵士一死我们就开始找他，后来发现他在加拿大务农。我们从不同人的说法中了解到他在各方面都是个品行端正的人，我现在是以查尔斯爵士的受托人及遗嘱执行人的身份，而非医生在说话。"

"我猜应该没有其他要求继承财产的人了吧？"

"没有了。我们还能找到的亲属只有罗杰·巴斯克维尔，他是三兄弟中最小的，可怜的查尔斯爵士是老大，早逝的老二就是这个叫亨利的父亲。罗杰是这个家族的败类，他还真继承了老巴斯克维尔家族的血统，他们跟我说他活脱就是老雨果的写照。罗杰在英格兰待不下去了，所以逃到了中美洲。1876年他患上了黄热病并在那里逝世。亨利是巴斯克维尔家族的最后一名成员。再过一小时五分钟我就要在滑铁卢火车站跟他碰面了。我收到电报，今早他已经到了南安普顿。福尔摩斯先生，您认为我该怎么做呢？"

"为什么不让他回巴斯克维尔庄园？"

"这看起来是理所当然的。可考虑到每个巴斯克维尔家族的人在那里都不得善终，我认为查尔斯爵士如果在临终前能跟我说上话，他可能也会叮嘱我不能把家族最后的血脉，并且也是巨额遗产的继承人带到那该死的地方。但是不可否认，贫困荒凉的乡村必须依靠他，如果巴斯克维尔庄园没有主人，查尔斯爵士所做的一切慈善工作都会付诸流水。我怕这显而易见的利益关系会影响自己做出正确的决定，因此想求教您我该怎么做。"

福尔摩斯想了一会儿。

"换句话说,事情是这样的,"福尔摩斯说道,"你的意思是某种邪恶的力量使得巴斯克维尔家族的人在达特穆尔高原居住存着危险——是这样吗?"

"至少我可以说有证据表明的确如此。"

"当然。可是如果你的超自然理论成立的话,那这位年轻人无论是在伦敦还是在德文郡都会被邪恶的力量所侵袭呀,如果邪灵像教区的礼拜堂一样只能在本地施展力量,那不是太不可思议了吗?"

"福尔摩斯先生,如果您亲身经历过这些事的话,您就不会如此轻率地看待此事了。那么,我的理解是,您认为这位年轻人在德文郡和在伦敦一样安全是吧。他还有十五分钟就要到了,所以您的建议是?"

"先生,我建议你带上你那只正在抓挠我前门的狗,坐马车去滑铁卢火车站接亨利·巴斯克维尔爵士。"

"然后呢?"

"别跟他提起这些事,直到我想出对策。"

"那您要想多久?"

"二十四小时。莫蒂默医生,如果你能在明天早上十点来这儿的话我会感激不尽的,如果你还能带上亨利·巴斯克维尔爵士同来的话,那将更有助于我制订进一步计划。"

"我会的,福尔摩斯先生。"他在袖口的便签匆匆写下约会时间,带着既凝视又心不在焉的奇怪样子走了。当他走到楼梯口时福尔摩斯又叫住他。

"莫蒂默医生,还有一个问题。你说在查尔斯·巴斯克维尔爵士逝世前有几个人在沼泽地看到了灵异现象?"

"有三个人看到了。"

"那在查尔斯爵士死后呢?"

"我还没听说有过。"

"谢谢,祝日安。"

福尔摩斯心满意足地回到他的座位上,平静的神情表明他对这件案子很感兴趣。

"华生,要出去吗?"

"如果你需要我帮忙的话,我就不出去。"

"不,亲爱的朋友,只有到了采取行动的时候我才需要求助于你呢。这件案子从某些角度来看还真是独特。你经过巴德雷商店时,能帮我买一磅特强的浓味烟丝吗?谢谢。方便的话请在傍晚之后再回来。我想趁这段时间想一下今早这起有趣的事件。"

我知道我的朋友此时很需要独处,他需要花上好几个小时进行高强度的思考,仔细地权衡过每处证据后,做出种种假设,再进行比较,从而确定哪些是关键因素哪些是无关紧要的。因此我在俱乐部待了一天,直到傍晚才回到贝克街。等我再次坐在会客厅时已经九点了。

开门时我还以为失火了,整间房里都是烟,连台灯的光都模糊了。等走进去之后我才放下了心,因为我闻到一股辛辣的烟味,这烟味呛得我咳嗽起来。烟雾缭绕中我隐约看到福尔摩斯穿着睡衣蜷缩在扶手椅里。他嘴里叼着一支黑色烟斗，周围还放了好几卷纸。

"感冒了吗，华生？"

"不是，是被你这烟给熏的。"

"你不提我还没发觉呢，是有点儿浓。"

"'有点儿'浓？！简直不能忍受。"

"那就把窗打开吧！我猜你在俱乐部待了一天？"

"亲爱的福尔摩斯！"

"我说对了？"

"当然了，你是怎么知道的？"

看到我一脸疑惑的样子，福尔摩斯笑了。

"华生，看到你的心情愉快，我就想跟你开些小玩笑。一个绅士在下雨天出去了，街道满是泥泞，但他晚上回来时帽子和靴子却依旧很干净，那他肯定是在一个地方待上了一天。他没有亲近的朋友，那他还能待在哪儿呢？结果不是很明显吗？"

"好吧，的确很明显。"

"世上充满许多显而易见的事，只是没人注意到。那你认为我去哪儿了？"

"哪儿也没去。"

"正好相反，我去了德文郡。"

"精神上吗？"

"没错。我的身体一直坐在这儿，我现在才遗憾地察觉到自己竟喝了两大壶咖啡和抽了那么多烟。在你离开后我派人去斯坦福警局把沼泽地的地图拿了回来，之后我就在这上面徘徊了一整天。我已经对那一带了如指掌了。"

"我猜是一张大范围的地图？"

"非常大。"说着他展开地图一角，将它放在膝盖上。

"这里就是跟这起事件有关的区域。中间就是巴斯克维尔庄园。"

"是被树林围绕着的吗？"

"是的。虽然紫杉小径的名字没有标出来，但我猜应该就是沿着这条线伸展下去的。而沼泽地，如你所见，就在它的右边。至于这小群建筑物就是格林盆村，我们的朋友就在这儿。你可以看到，方圆5英里内鲜有人居。这里是拉斐特庄园，我们的朋友已经提过。这里有座房子，可能是博物学家——斯台普顿先生的处所，如果我没记错名字的话。沼泽地上有两座农舍，是名叫高塔尔和弗米尔的两个农民所有。14英里外是普林斯顿大监狱。除了这些地方有人居住，其他地方都是荒凉的沼泽地。这里就是悲剧上演的地方，我们可能要在这里重组案情。"

"这地方一定很荒凉。"

"是的。环境的确很适合，假如恶灵想插手人间事宜的话——"

"这么说你本人也倾向于超自然理论？"

"恶灵也有可能找有血有肉的人做代理吧。我们一开始需要解答两个问题：第一，这次事件中是否涉及犯罪；第二，如果涉及犯罪，那它是怎么发生的。当然了，假如莫蒂默医生的推测正确，我们的确是在跟自然法则之外的力量打交道的话,我们就终止调查。但在那之前我们必须尝试各种假设。你不介意的话,我想关上窗。虽然奇怪,但我觉得浓稠的空气更有利于集中思想。虽然我还没到要钻进箱子才能思考的地步,但我相信这样下去迟早会如此呢。你思考过这起案件了吗?"

"是的,我在白天时想了很多。"

"有何高见?"

"一切都太扑朔迷离了。"

"的确如此。案中有几点使这件案子与其他案子与众不同。比方说脚印变了。关于这个你怎么看?"

"莫蒂默医生说脚印痕迹像是踮着脚走路。"

"他只不过重复了聆讯中一些傻瓜所说的话,一个人为什么要踮着脚在小径里走?"

"为什么?"

"他是在跑啊,华生——为了活命拼了命地向前跑,直到心脏病发,脸朝下倒地而亡。"

"跑成这样?他在逃避什么?"

"这就是我们要解决的问题了。有证据表明他在逃跑前就已经怕得要死。"

"怎么说?"

"我猜那个让他害怕的东西是穿过沼泽地过来的。这是最有可能的假设,只有当一个人丧失理智时他才不跑回家,而是往反方向跑。如果那个吉普赛人的证供是真实的话，那查尔斯爵士就是边喊救命边往最不可能得到救助的方向跑。那么，那天晚上他在等谁呢？为什么他要在紫杉小径而不是在房子里等这个人呢？"

"你认为他在等人吗？"

"受害者年老体弱，我们可以理解他每晚都去散步，但当晚地面湿滑，天气也不好。莫蒂默医生根据地上的烟灰——这点我大为赞赏，推断出他在那儿等了五到十分钟，这事情不合理吧？"

"可他习惯每晚都去散步呀。"

"我想他不可能每晚都在小门那里等吧。相反地，证据表明他对沼泽地敬而远之。但是那天晚上他却在那里等，而且正好是他动身前往伦敦的前一个晚上。华生，事情已经逐渐清晰，开始变得连贯起来了。麻烦你帮我把小提琴拿过来好吗？一切问题等到明早莫蒂默医生和亨利·巴斯克维尔爵士来了之后再思考吧。"

## 第四章

## 亨利·巴斯克维尔爵士

早餐桌早早地收拾干净了,福尔摩斯穿着睡衣等待着约好的客人。客人如期赴约,大钟敲响十点时莫蒂默医生正好出现,只见他身后跟着年轻的准男爵。他年约三十,十分警惕,眼睛乌黑,身材虽然矮小但很健硕,长着浓黑的眉毛,脸孔显得坚强而好斗。他穿着一件红色的花呢上装,饱经风霜的脸表明他长期在户外活动,然而他那沉稳的眼神和稳重沉着的举止流露出他的绅士身份。

"这位是亨利·巴斯克维尔爵士。"莫蒂默医生介绍道。

"您好,"亨利爵士说,"福尔摩斯先生,奇怪的是,就算我朋友今早不带我来,我也准备来找您。我知道您擅长解开疑团,而我今早也遇到一件令人迷惑的事情。"

"亨利·巴斯克维尔爵士,请坐。如果我没理解错的话,您是说您抵达伦敦后发生了一些不同寻常的事情?"

"不是什么大事,福尔摩斯先生。只是一个笑话,又不像是笑话。我今早收到了这封信——如果您能把它称之为信的话。"

他把一个信封放在桌子上,我们都弯下腰去看。信封是常见的浅灰色式样,地址潦草地写着"诺森伯兰旅馆,亨利·巴斯克维尔爵士收"的字样,邮戳是"查令十字街",日期是昨晚寄送的。

"有谁知道你住在诺森伯兰旅馆?"福尔摩斯问道。他饶有兴趣地打量着我们的客人。

"按理说应该没有人知道。我是在和莫蒂默医生见面后才决定住哪儿的。"

"那莫蒂默医生肯定在那儿住过吧?"

"不,我以前是和一个朋友同住的。"医生说,"我们会住这间旅馆纯属偶然。"

"呀!看来有人很在意你的一举一动呢。"他从信封里拿出半张折了两折的大页纸。他把大页纸打开并平铺在桌子上。信中间有一行字,是从报纸上剪下来粘上去的:

"如果你重视生命的价值,或还有理性的话,远离沼泽地。"

只有"沼泽地"三个字由墨笔写就。

"现在,"亨利·巴斯克维尔爵士说道,"福尔摩斯先生,或许您能告诉我这到底是什么意思,还有是谁这么在意我的事情?"

"莫蒂默医生,你是怎么看的?你总得承认这封信里没有任何怪力乱神的东西吧?"

"的确没有,先生。但这封信可能是一个相信此事是邪灵作祟的人寄来的。"

"什么事?"亨利·巴斯克维尔爵士猛地一问,"你们知道的关于我的事情好像比我自己知道的还要多。"

"亨利爵士,我保证你在离开前一定能得悉我们了解到的所有事情。"福尔摩斯说,"现在,请允许我们先来研究一下这封有趣的信吧,这应该是昨晚制作好寄给你的。华生,昨天的《泰晤士报》呢?"

"在这角落放着呢。"

"请帮我拿过来——印有社论的那页,有劳了。"他快速地浏览报纸,眼睛快速地在不同社论间来回扫视,"这篇头条社论讲的是自由贸易。请允许我为你们读一段节选。"

"'你可能会相信保护性关税对你的贸易或本行业有利这一类的鬼话,但若理性地看待这种立法,长此以往这立法会使国家远离财富,进口价值下降,使本岛公民的生活水平下降。'"

"华生,你怎么看?"福尔摩斯高兴地问道。他揉搓双手,表明他很满意。"不觉得这是一种值得赞赏的情操吗?"

莫蒂默医生以一种职业兴趣打量着福尔摩斯,亨利·巴斯克维尔爵士则转过来,黑眼睛疑惑地看着我。

"我对关税一类的事不是很了解,"他说,"但这好像跟这封信没什么关系吧。"

"正好相反呀,亨利爵士,这里面关系大着呢。华生比你更清楚我的推理方法，但我猜他也没搞懂这段话的重要性吧。"

"的确，我承认我没看到两者的联系。"

"但是，我亲爱的华生，两者的联系大着呢。'你''的''或''生'、'理性''价值''远离'这些词，你还看不出这封信里的字是从哪里来的吗？"

"真的是这样，你太聪明了！"亨利爵士不禁喊道。

"如果还有疑问，从'价值'和'理性'这两个词是从同一段话上剪下来的这个事实就能证明了。"

"我看看——的确如此！"

"福尔摩斯先生，真的，这已经超出我能想到的了。"莫蒂默医生惊讶地盯着我的朋友，"如果有人说这些字来自报纸我能理解，但您竟然能说出这些字出自什么报纸，甚至还指出是在社论一栏，这真的是我至今知道的最令人惊叹的事了。您是怎么做到的？"

"医生，让您辨别黑人头骨和爱斯基摩人头骨应该不是什么难事吧？"

"那当然。"

"你是怎么做到的呢？"

"这是我的特殊爱好。所以两种头骨的区别对于我来说很明显：眶上冠、颜面角、上颌骨的弧度，还有——"

"同样，这就是我的特殊爱好呀，所以在我看来，《泰晤士报》的铅字印刷与印刷粗糙、只卖半个便士一份的晚报间的区别就跟黑人和爱斯基摩人头骨一样明显。分辨不同印刷字体是犯罪专家的基本功,虽然我得承认年轻时曾把《利兹信使报》和《西方早报》混淆。《泰晤士报》社论版的字体独树一帜,不易在其他地方看到。因为信是昨天寄过来的,所以最有可能是昨天的报纸。"

"福尔摩斯先生,照您这么说,"亨利·巴斯克维尔爵士说道,"有人用剪刀把这些字剪下来——"

"是指甲刀。"福尔摩斯说,"你会发现'远离'二字剪了两次,这说明刀身很短。"

"的确如此。这么说来有人用一把指甲刀把字从报纸上剪下来,用糨糊粘住后——"

"黏胶。"福尔摩斯打断他的话。

"用黏胶粘在纸上。但我不明白为什么只有'沼泽地'是手写的呢?"

"因为他在报纸上找不到。其他字很容易在报纸上找到,但'沼泽地'就没那么常见了。"

"您的解释很有道理。福尔摩斯先生,除此之外您还读到了什么?"

"还有两处线索,但那个人明显费了大劲除掉它们。你会发现地址写得很潦草,而《泰晤士报》只有受过高教育的人才会看。据此我们可以推测出,这封信出自一个受过教育的人之手,而他想伪装成一个大老粗。他这么费劲地隐瞒自己的字迹,表明他怕你会——或是将来会认出他的字迹。还有,你可以注意到这些字并没有呈直线粘贴,而是高低不平,比如'生'这个字就完全离位,这说明这个人很粗心，或者是他粘的时候很焦急。我倾向于后一观点，因为很明显，整件事对他很重要，一个能制作出这样的信的人绝不会粗心大意。如果是这样，那就出现一个有趣的问题：他为什么这么焦急？就算第二天一早寄这封信还是能在亨利爵士离开旅馆前寄到他手中。他是不是害怕某种干扰呢？——这干扰又会来自谁呢？"

"我们现在不过是猜测。"莫蒂默医生说。

"不仅仅是猜测，我们是在推导各种可能性，并且选出最有可能的那个。这是对想象力的科学应用，但是我们的猜测是有理有据的。接下来我要说的你可能会觉得是猜测，但我肯定，这封信是在旅馆里写的。"

"天啊，你凭什么这么说？"

"如果你仔细检查，你会发现他的笔墨用得很不顺手。写一个词墨水就溅了两次，写一个短短的地址墨水就干了三次，这说明瓶子里的墨水很少。如果是用自己的笔或者墨水就不会出现这种情况，而两者都缺少的情形就更稀罕了。可我们知道旅馆的笔墨用起来常有这样的事。是的，我可以毫不怀疑地说，只要我们翻一下查令十字街所有旅馆的垃圾桶，找出被剪过的《泰晤士报》社论版，我们就能直接知道是谁寄出这封信了！哎呀！哎呀！这是什么？"

他把信纸拿到眼前一两英寸的位置，仔细地检查起来。

"怎么了？"

"没什么，"他说着就把纸放下，"只是一张空白的纸，连水印都没有。我认为我们能从这封有趣的信中得到的线索就这些了。

现在，亨利爵士，你到伦敦后还有没有发生一些有趣的事呢？"

"福尔摩斯先生，我认为没有了。"

"你有没有发现有人在跟踪你或是盯着你？"

"我好像是走进廉价恐怖小说里了。"我们的客人说，"为什么有人要跟踪或者盯着我？"

"这就是我接下来要跟你讲的事情。在这之前，你还有没有其他事情要汇报？"

"我不知道这事算不算。"

"所有不寻常的事都可以讲。"

亨利爵士笑了一下。

"我大部分时间都是在美洲和加拿大度过的，所以不太懂英式生活，但我希望丢了一只靴子不算是你们日常生活的一部分。"

"你丢了只靴子？"

"亲爱的爵士，"莫蒂默医生说，"靴子不过是被乱放，所以一时找不到罢了。等你回到旅馆就会找到了。这种小事何劳福尔摩斯先生费神？"

"是他要我讲和日常生活不寻常的事情的。"

"没事。"福尔摩斯说，"无论是看起来多可笑的事情都能讲。你说有一只靴子不见了？"

"可能是被我乱放了吧。我昨晚把靴子放在门边，今早起来一看只剩一只了。我去问过擦皮鞋的人，他也不清楚。最糟的是这双鞋是昨晚才在斯特兰德大街买的，我还没穿过呢。"

"既然没穿过,那你为什么还要人擦?"

"靴子是鞣革的,还没上过油,所以我就把它们放在门边。"

"那你是昨天一抵达伦敦就马上出去,还买了一双靴子是吗?"

"我买了很多东西,是莫蒂默医生陪我去的。我都要做德文郡的乡绅了,打扮肯定得入乡随俗嘛,我在西部生活惯了,变得有点不羁。这双棕色靴子是我花了六英镑买来的,结果还没穿就被偷了一只。"

"只偷一只有什么用呢?真奇怪。"福尔摩斯说,"我赞同莫蒂默医生的观点,这只靴子应该不久就能找回来。"

"那么,绅士们,"准男爵语气中带着坚定,"我已经说完我所知道的一切了,现在请遵照诺言告诉我所有你们知道的事情。"

"你的要求很合理。"福尔摩斯回答,"莫蒂默医生,我想由你再来说一遍昨天跟我们说过的事再合适不过了。"

受到鼓舞之后,我们的医学家朋友从口袋里掏出一支笔,像昨天早上一样再次叙述了整件事。亨利爵士聚精会神地听着,并不时发出惊讶声。

听完整个故事,亨利爵士说:"看来我也继承了家族的诅咒呀,当然了,我在很小的时候就听过猎犬传说,这是我们家最爱讲的故事。不过之前我从没把它放在心上。可是伯父的死——让我觉得还有很多没搞懂的地方。您似乎也没搞懂这件案件是该交给警察还是神父处理更合适。"

"完全如此。"

"现在又出现这封信,我猜应该跟此事也脱不了关系吧。"

"看起来似乎有人比我们更了解沼泽地上发生的事情。"莫蒂默医生说道。

"而且,"福尔摩斯说,"这些人对你怀有善意,还警告你有危险。"

"又或者这正是他们的意图,出于某种目的要把我吓跑。"

"当然了,这也是有可能的。莫蒂默医生,我真的很感激你为我带来一个有这么多可能性的有趣案件。但是亨利爵士,我们现在得做个决定,那就是你应不应该去巴斯克维尔庄园。"

"为什么不去?"

"可能会有危险。"

"您是指缠绕这家族的恶魔呢,还是指人为的危险?"

"这正是我们要查清的。"

"无论是哪种,我的心意已决。福尔摩斯先生,我不相信有邪灵魔鬼,没有人能阻止我回到自己祖先世代居住的家,这就是我的最终答案。"爵士在说这话时黑眉毛都打结了,脸色也变得暗红。显然这位仅存的后裔也继承了巴斯克维尔家族的暴躁脾气。"还有,我还没能消化你们告诉我的事情。这是件大事,要在这么短的时间内了解一切,还要做出决定任谁也不可能。我需要独自待上一小时安静地想想。福尔摩斯先生,现在已经十一点半了,我要马上回旅馆,我想请您还有华生医生在两点的时候过来与我们共进午餐。到那时我就能跟您讲清楚这事给我的打击有多大了。"

"华生,你方便吗?"

"当然了。"

"那就这么定了,需要为你们叫马车吗?"

"我走路就好,这事让我很心烦。"

"我很乐意与你一道走。"他的朋友说。

"那就两点见。再见,祝日安!"

我们听到客人下楼的脚步声,前门砰地关上了。一直懒洋洋的福尔摩斯马上变得雷厉风行。

"华生,快穿上你的鞋,戴上帽子!刻不容缓!"他冲进房间去,几秒后他就换好一件大衣。我们急匆匆地下了楼出门。莫蒂默医生和巴斯克维尔在我们前方200码的地方,正朝着牛津街的方向走去。

"要不要我跑过去叫住他们?"

"老天!当然不要,亲爱的华生,你能陪我散步我很高兴,我们的朋友真聪明,今天早上的确很适合散步。"

他又加快了脚步,直到我们与他俩保持约100码的距离才慢下来。我们保持着这个距离,跟着莫蒂默医生他们走过牛津街和摄政街。我们的朋友一度停下来看商店橱窗,福尔摩斯也跟着照做。过了一会儿,福尔摩斯发出了一声满意的赞叹。我循着他热切的眼光看过去,发现街对面停着一辆双轮马车,车里坐着一个人,现在又缓缓前进了。

"那就是我们要找的人!华生,跟上!在我们能采取更多行动之前,我们至少得看清楚他长什么样子。"

就在那一刻,一个蓄着黑胡子,眼神锐利的人从马车侧窗看到我们。他马上放下活动天窗,对着马夫喊了几句话,马车便飞也似的逃离了摄政街。福尔摩斯心急如焚地四处打量,可周围都没有马车。他便在滚滚车流中疯跑起来,可惜距离太远,马车已经消失了。

福尔摩斯穿过车流回来了,只见他脸色发白,上气不接下气,甚是苦恼地说道:"可惜了!还能碰到运气比这更背的事情吗?华生呀,华生,如果你是个诚实的人,就把这件事如实记下,作为我无数成功的悖例!"

"那人是谁?"

"不知道。"

"是来监视的吗?"

"根据我们所听到的情况,很明显亨利爵士自打一到这儿起就被人紧紧盯上了。不然不会这么快就被人知道住在诺森伯兰旅馆。如果他们第一天就跟踪他,那我担保他们第二天还会继续跟踪。你还记得吧,在莫蒂默医生跟我们讲那个故事的时候,我曾两次望着窗外。"

"我记得。"

"我是在找在街上晃荡的人,但没找到。华生,我们的对手是一个聪明人。他很狡猾,不走路,而是雇一辆马车来跟踪他们,这样他就可以到处晃荡或是越过他们而不被人注意。他的方法还有一个优点,那就是如果爵士乘马车,他也能跟着爵士他们。但这也有一个很大的缺点。"

"马车夫会成为目击证人。"

"完全正确。"

"我们没能记下马车号码真是太可惜了！"

"亲爱的华生，虽然我刚才很笨拙，可你不会真的以为我会没记住号码吧？2074就是我们要找的车，不过现在对我们也没用。"

"在那种情况下我以为你顾不上这个了。"

"在看到马车时我应该马上转身朝另一个方向走。我应该雇一辆马车不疾不徐地跟在那辆马车后面，或者直接开到诺森伯兰旅馆，在那里等他更好。在他跟着巴斯克维尔回到旅馆后，我们就有机会和他玩他玩过的把戏。可由于太着急和不谨慎，我们暴露了自己，失去目标，让我们的对手先发制人。"

我们一边聊着，一边慢慢走在摄政街上。莫蒂默医生和爵士早就在我们眼前消失了。

"再跟着他们也没用了。"福尔摩斯说道，"盯梢的人已经走了，他不会再回来了。现在我们必须看看手上还有什么牌，再明智地出牌。你还记得马车里的那个人长什么样吗？"

"我只记得他蓄着胡子。"

"我也是——我想那是假胡子。对行事谨慎的聪明人来说，戴上假胡子来掩盖自己的相貌特征实属平常。进来吧，华生！"

他走进本区的一家通信员办公室，一位经理很热心地出来招待。

"噢，威尔逊，你应该没忘记我曾帮过你一个小忙吧？"

"先生，我当然没忘。是你拯救了我的声誉，甚至我的人生呀。"

"亲爱的朋友，你太夸张了。威尔逊，我记得你这儿有个叫卡特怀特的小伙,在查案时显示了他的本领。"

"是的,先生,他还在这儿呢。"

"你能把他叫来吗?谢谢!我还想把这张五英镑换成零钱。"

一个朝气蓬勃、一脸稚气的十四岁少年走了过来。他毕恭毕敬地看着眼前这位名侦探。

"请帮我找一份旅馆名录,"福尔摩斯说,"谢谢!卡特怀特,这里有二十三家旅馆的名字,都是查令十字街附近的旅馆,看到了吗?"

"看到了,先生。"

"你要逐家去这些旅馆。"

"是,先生。"

"每去一家就先给门童一先令。"

"是,先生。"

"告诉门童你想看看昨天丢掉的报纸。你就说有封紧急电报不小心丢了所以要找回来,懂了吗?"

"懂了,先生。"

"但你要找的是一页被剪刀剪了洞的《泰晤士报》,这是《泰晤士报》副本,就是这一页。你可以轻易地认出来,是吗?"

"可以的,先生。"

"门童会把门厅搬运工叫过来,同样你也给他一先令。这里有二十三先令,二十三家旅馆中可能有二十家旅馆已经把垃圾烧掉或运走了。剩下的三家会给你一堆废纸叫你自己找。你就在那堆纸里找出《泰晤士报》。这十先令紧急的时候用,在傍晚前往贝克街拍电报向我汇报。华生,我们现在去拍电报,把车号是2704的车夫找出来,接着就去邦德大街的艺术馆消磨一下时间,之后再去赴约吧。"

## 第五章

## 三条断了的线索

福尔摩斯有一种厉害的本事,他可以彻底将一件事情抛诸脑后。接下来的两个小时,他好像完全忘了这件奇怪的案子,只是全神贯注地欣赏当代比利时大师的作品。从离开画廊到抵达诺森伯兰旅馆,一路上除了谈论自己一窍不通的艺术之外,他对其他东西只字不提。

"亨利·巴斯克维尔爵士已在楼上恭候二位,"服务员说,"他吩咐我您一到就带您二位上楼。"

"您介意我看一看登记名录吗?"福尔摩斯问。

"当然不介意。"

名录显示在巴斯克维尔登记入住后有两个人入住:一个是来自纽卡斯尔的西奥菲留斯·约翰逊以及他的家人,另一个是来自奥尔顿高舍镇的奥德摩尔夫人和她的女仆。

"这肯定是我认识的那个约翰逊吧。"福尔摩斯说,"他是不是一个头发花白、走路一瘸一拐的律师?"

"不,先生。这位约翰逊先生是矿主,是一位身体健全的绅士,比您大不了多少。"

"您一定是把他的职业搞错了吧。"

"先生,当然不会啦!他是我们旅馆多年的老主顾了,跟我们也很熟。"

"哦,看来是我弄错了。还有这位叫奥德摩尔的太太,我好像对这个名字也有印象。请原谅我的好奇心,但是我们经常在拜访一位朋友时又能找到另一位朋友呢。"

"先生,她是位体弱多病的夫人,她的丈夫曾经是格洛斯特市市长,只要来伦敦她就会过来住。"

"我想我不认识她,谢谢您。华生,这些问题帮我们厘清一个重要的事实。"当我们上楼时福尔摩斯低声说道,"我们现在知道那些如此关注我们朋友的人并没有住在这里。这说明,如我们所见,他们在密切地盯着爵士,同时,他们也怕爵士会发现他们,这就引出一个事实。"

"是什么?"

"那就是——哎呀,我亲爱的朋友,到底是什么呢?"

我们走上楼梯时正好碰到亨利·巴斯克维尔爵士。他气得脸通红,手上拿着一只沾满灰的旧靴子。他气愤得连话都说不出来。等了一会儿他才说出话来,西部口音比今早听起来的更重了。

"这旅馆的人拿我当傻瓜耍呢！"他喊道，"岂有此理，他们最好小心点，我可不是能随便戏弄的人。如果不把我的靴子找回来的话，他们就有大麻烦了。福尔摩斯先生，我是个能开玩笑的人，但这次他们有点太过分了。"

"还在找靴子吗？"

"是的，先生，而且是一定要找出来。"

"可你不是说丢的是一只新的棕色靴子吗？"

"是的，但现在轮到黑色旧靴子了。"

"什么！你是说——"

"这正是我想说的。我只有三双靴子——新的棕色靴子、旧的黑靴子还有一双漆皮的——就是我现在穿在脚上的这双。昨晚他们拿了我的棕色靴子，今天又偷了黑色的。听到了吗？说话呀，别站着干瞪眼！"

一位忐忑不安的德国侍应生出现了。

"先生，我已经问遍了整个旅馆的人，没有人知道靴子的下落。"

"我要在太阳下山前看到我的靴子，不然我就跟经理说我要马上离开。"

"先生，会找到的——我答应您我会找到的，请您耐心等待。"

"你们最好给我悠着点，这会是我在这贼窝里丢的最后一样东西了。福尔摩斯先生，为了这点小事打搅您真是太不好意思了——"

"我认为这事很重要呢。"

"怎么，看来你很在意这件小事呀。"

"你怎么解释这件事？"

"没法解释。这是发生在我身上最疯狂、最诡异的事情了。"

"最诡异，有可能是——"福尔摩斯若有所思地说。

"您有什么看法呢？"

"这个嘛，我也还没搞懂。亨利爵士，你的这宗案件很复杂。把这事跟你伯父的死联系起来，可能在我处理过的五百宗案件里都没有一宗如此扑朔迷离。但是现在我们手中有几条线索，其中一条可能会引导我们走向真相。我们可能也会在错误的线索上浪费时间，但假以时日我们一定会把对的找出来。"

这是一顿愉快的午餐，席间我们都没提及这件把大家联系起来的案子。当我们坐在私人起居室休憩时福尔摩斯询问爵士的打算。

"我要去巴斯克维尔庄园。"

"什么时候？"

"这周末。"

"基本上来说，"福尔摩斯说，"你的决定很明智。我有充分的证据证明你在伦敦已经被盯上了。城里有几百万人，很难发现这些盯梢的人是谁或者他们的目标是什么。如果心怀歹意，他们可能会伤害你，而我们却难以防范。莫蒂默医生，今早你们从我家出来后被跟踪了，你察觉到了吗？"

莫蒂默医生变得激动起来。

"被跟踪了！是谁？"

"不幸的是，我没法告诉你答案。你在达特穆尔有没有邻居或熟人是留着黑色大胡子的？"

"没有——咦，不对！有，就是查尔斯爵士的管家，巴里摩尔，他长着一脸黑色大胡子。"

"哈！那他现在人在哪儿呢？"

"他在打理庄园。"

"我们最好弄明白他是真的在庄园呢，还是有可能在伦敦。"

"您要怎么做呢？"

"给我一张电报纸，写上'替亨利爵士打点完否？'，这就可以了。地址写巴斯克维尔庄园，巴里摩尔先生收。离那儿最近的电报局在哪里？格林盆村。非常好，现在我们再给格林盆村的邮政局长拍封电报：'电报需交巴里摩尔本人，若本人不在请回电诺森伯兰旅馆，亨利爵士收'。这样我们就能在傍晚前确定他是不是在德文郡了。"

"对呀，"巴斯克维尔说，"顺便一问，莫蒂默医生，这巴里摩尔又是谁？"

"他是已去世的旧看管人的儿子，他们家四代看管巴斯克维尔庄园。就我所知，巴里摩尔夫妻在乡间很受人敬重。"

"而且，"巴斯克维尔说，"事实很清楚，只要巴斯克维尔家族不在庄园住，那里就是他们幸福美满的家了，而且他们还不用做什么。"

"这倒是真的。"

"巴里摩尔有从查尔斯爵士的遗嘱中受惠吗？"福尔摩斯问。

"他和妻子每人能分到五百英镑。"

"哈！那他们自己知道吗？"

"知道，查尔斯爵士常常提起他的遗嘱。"

"真有趣。"

"我希望，"莫蒂默医生说，"您不要带着怀疑的眼光去看每个可以得到爵士遗赠的人，因为我也会继承一千英镑。"

"真的呀？还有其他人吗？"

"还有很多人能分到一部分，大部分遗产都捐给慈善机构了，剩余的都是亨利爵士的。"

"还剩多少？"

"七十四万英镑。"

福尔摩斯意外地扬起了眉："没想到这笔金额会这么大。"

"查尔斯爵士一直以富有闻名，但我们都不知道他到底多有钱，直到检查了他的证券。他的遗产总额接近一百万英镑。"

"我的天呀！遗产之多足以让人心生歹念了。还有一个问题，莫蒂默医生，假如我们年轻的亨利爵士有个三长两短——请你原谅这不快的假设！——那会由谁来继承这笔遗产？"

"因为查尔斯爵士的弟弟罗杰死的时候没结婚，遗产会由查尔斯爵士的远房亲戚德斯蒙德一家继承，詹姆斯·德斯蒙德是威斯特摩兰的一位老神父。"

"谢谢，这些细节都很有趣。你见过詹姆斯·德斯蒙德吗？"

"见过，有一次他来拜访查尔斯爵士。他是一位德高望重的神父，过着圣洁的生活。我记得他拒绝了查尔斯爵士的所有好意，虽然查尔斯爵士强行要他接受。"

"而这位无欲无求的人却会成为查尔斯爵士百万财产的继承人。"

"因为这是法律规定的。现任财产主人可以随便处置他的钱,只要他乐意,德斯蒙德神父也能继承他的钱。"

"亨利爵士,请问你立遗嘱了吗?"

"还没有,福尔摩斯先生,我还没来得及立,因为昨天我才得知整件事情。但我认为钱应该跟头衔还有产业一并继承。这是我可怜的伯父的主意。如果巴斯克维尔的主人没钱维护他的产业,他要怎么重振家声呢?所以房产、土地还有钱都必须一块儿继承。"

"说得很对。亨利爵士,我的意见跟你一样,你应该马上前往德文郡。但是有一个条件,你绝不能一个人去。"

"莫蒂默医生会跟我一道。"

"可莫蒂默医生还要行医,而且他家离庄园有好几英里,就算他想救你也有心无力。不,亨利爵士,你一定要带上一个信得过的人,他要无时无刻都能跟在你身边。"

"福尔摩斯先生,您能跟我去吗?"

"假如事态紧急的话,我会亲自出马的。可你也知道,我还有许多业务要处理,还有来自各地的请求,我不可以离开伦敦太久。现在英格兰有位大人物的名声要被一个勒索者玷污,只有我才能阻止这灾难性的丑闻,所以我没法陪你去达特穆尔。"

"那您推荐谁陪我去呢?"

福尔摩斯把手放在我的臂上。

"如果我的朋友愿意的话，那他是再合适不过的人选了。我很自信，他能在紧急关头保护你。"

我倍感意外，还没来得及回答，巴斯克维尔已高兴地攥紧我的手。

"华生医生，你真是个大好人。"他说，"你也了解我的情况，如你能去巴斯克维尔庄园保护我，我将感激不尽。"

我素来醉心冒险，再加上福尔摩斯的恭维话还有爵士的恳切邀请，我便应允了。

"我去，在下愿为您效劳。"我说，"这事值得我花时间一探究竟。"

"你要仔细地向我汇报，"福尔摩斯说，"危机一定会出现，如果它来了，我会指导你怎么应对。我想周六就能准备好吧？"

"华生医生有问题吗？"

"完全没有。"

"那就定在周六吧，没有变动的话，我们到时在帕丁顿火车站会合，然后坐十点三十分的火车吧。"

我们正准备起身离开，爵士突然发出胜利般的怪叫。他冲到房间的一角，从柜子底下拿出一只棕色靴子。

"是我丢了的靴子！"他喊道。

"真希望我们的困难都能像这样轻松解决呀！"福尔摩斯说道。

"奇怪了，"莫蒂默医生说，"我在吃午餐前还仔细搜过这间房呀。"

"我也是，"亨利爵士说道，"我把每个角落都翻了个遍。"

"刚才真的没看到靴子的影子啊。"

"可能是侍应生在我们吃饭时放在那儿的吧。"

那位德国侍应生又被招来问话,可他也一头雾水,说不清个所以然来。又新增一件怪事了,这些神秘事件接二连三地发生,而且看上去都毫无头绪。撇开查尔斯爵士惨死的事不说,短短两天内就发生了一系列解释不清的事情,先是那封信,接着是马车里的黑胡子男人,新靴子不见了,之后旧靴子也丢了,现在新靴子又回来了。回贝克街的路上,福尔摩斯坐在马车里一言不发,从他紧皱的眉头和严肃的神情,我知道他跟我一样,也在绞尽脑汁把这些奇怪而又明显毫不相干的线索联系起来。整个下午直到晚上他一直在抽烟,陷入了沉思。

就在晚餐前有两封电报来了。第一封内容如下:

"巴里摩尔确在庄园,巴斯克维尔。"

第二封写的是:

"去完所有旅馆,抱歉未找到您要的报纸,卡特怀特。"

"我的两条线索就这么断了,华生。处处碰壁的案件,没有比这更能激励人的事了。我们必须再找其他线索。"

"我们还有那位马车夫的线索。"

"的确。我已经拍电报给官方注册处拿他的名字跟地址了。如无意外的话我的答案来了。"

门铃声响,结果让我们更为满意,因为门一开,一个粗鲁大汉进来了,他就是那位车夫。

"我接到总部的消息,说这里有位绅士在问驾驶2704号马车的车夫。"他说,"我已经干了七个年头,从来没被人投诉过。我直接从车场过来,就是要当面问清楚你对我有什么意见。"

"先生,我对您当然没有任何意见。"福尔摩斯说,"恰恰相反,如果您能清楚回答我的问题,我会给您半个沙弗林①。"

"我今个儿摊上个好日子啦。"车夫说完咧嘴一笑,"你想问什么呢,先生?"

"首先是你的姓名跟地址,以防我还要找你。"

"我叫约翰·克莱顿,住在台佩街三号。我的车来自史佩雷车场,就在滑铁卢火车站附近。"

福尔摩斯记了下来。

"克莱顿,今早十点来这儿监视这座房子,之后又在摄政街跟踪两位绅士的那个乘客,给我讲讲他的事。"

车夫露出惊讶又略微尴尬的表情。"哎呀,我的回答好像对你也没啥用呀,你看起来知道的跟我差不多。"他说,"实际上,那个绅士跟我说他是一名侦探,还叫我不要跟人提起他。"

"我的朋友,这事很严重。如果你在我面前有所隐瞒,你会大难临头的。你说那个乘客跟你说他是个侦探?"

"是的。"

"什么时候跟你说的?"

"临走的时候。"

"还有没有说其他东西?"

---

① 沙弗林,英国旧时面值一英镑的金币。

"他说了他的名字。"

福尔摩斯马上胜利般地朝我一瞥:"噢,他还提过他的名字?真是太冒失了。他叫什么?"

"他的名字,"车夫回答,"叫夏洛克·福尔摩斯。"

我从没有见过我的朋友听到回答后如此震惊,有一刻他完全惊呆了。接着他又哈哈大笑起来。

"高明呀,华生——手段的确高明!"他说,"看来他以为自己跟我一样头脑灵活呢。他那时真是让我惊讶呢。他说他叫夏洛克·福尔摩斯,是吗?"

"是的,先生。"

"棒极了!告诉我你是在哪里碰到他的,还有之后的经过。"

"他是九点半在特拉法尔加广场叫车的。他说自己是个侦探,还说如果我按照他说的做,不问任何问题的话就给我两个几尼①,我很高兴就答应了。我们先去了诺森伯兰旅馆,一直在那儿等,直到有两个绅士出来搭马车。之后我们就在后面跟着,直到马车停在这附近。"

"就是在这门前。"福尔摩斯说。

"这我不是很确定,可我敢说那位客人可是知道得一清二楚。我们在街上等了一个半小时,然后那两个绅士经过,我们就沿着贝克街一路跟踪,到了——"

---

① 几尼,英国旧时货币单位,价值二十一先令。

"我知道了。"福尔摩斯说。

"等我们到摄政街四分之三位置的时候,那位先生突然拉下车窗,还叫我马上在十分钟内赶到滑铁卢火车站。等他快走的时候,他突然回头跟我说:'你可能想知道你载的是谁,告诉你,我叫夏洛克·福尔摩斯。'我就是这样知道他名字的。"

"我明白了。之后你就没有见过他?"

"他走进火车站后就没再见过他了。"

"你能描述一下这位福尔摩斯先生吗?"

车夫挠了挠他的头:"不太好说,他不是那种特征明显的人。他应该有四十岁吧,中等身材,比你矮两到三英寸,打扮得像个有钱人,蓄着齐平的黑胡子,脸很白。除此之外我也说不出别的了。"

"眼睛的颜色呢?"

"不知道,没看出来。"

"除了这些以外就没别的了吗?"

"没有了,先生。"

"好吧,给你半个沙弗林。如果你能说出更多的信息,剩下的一半也会给你。晚安!"

"晚安,先生!谢谢你!"

约翰·克莱顿咯咯地笑着走了。福尔摩斯转过头来,他耸了耸肩,面露苦笑。

"最后一条线索也断了,我们又回到原点了。"他说,"这狡猾的恶棍!他知道我们的门牌号码,知道亨利爵士会来找我,在摄政街就知道了我是谁，还猜到我已经拿到马车号码会去找车夫，所以才会这么大胆报上我的名字。告诉你华生，这次我们终于碰上一个值得大干一场的对手了。伦敦一役我彻底败北了，只能希望你在德文郡能碰上好运。可我还是有些担心。"

"担心什么？"

"担心你呀，华生。这件事情十分危险，我挖到越多线索就越发觉得有问题。亲爱的朋友，可能你会取笑我，可我希望你能平平安安地回到贝克街来。"

## 第六章

## 巴斯克维尔庄园

亨利爵士和莫蒂默医生如期赴约,我们便按照原定计划前往德文郡。福尔摩斯陪我去火车站,最后又提醒了我一些事情。

"你不必提出推理或是假设,华生。"他说,"只需要尽可能详尽地将事实汇报给我,由我来完成推理工作。"

"什么事实?"我问。

"任何看上去跟案子有关的事情,无论看上去多不相关。尤其要注意亨利爵士与他邻居之间的关系,还要收集任何跟查尔斯爵士的死有关的新信息。前几天我也打听了不少,但恐怕情况不容乐观。唯一能确定的是下任继承者詹姆斯·德斯蒙德是一位性格和善的老绅士,所以他不可能是这堆坏事的始作俑者。我认为我们能完全排除他的嫌疑,那就只剩下住在沼泽地、在亨利爵士左右的人了。"

"先解雇巴里摩尔夫妇不是更好吗？"

"绝对不行，你绝不能犯下这么大的错误。如果他们是无辜的，解雇他们就太不公平了；如果他们真的有罪，我们就不能将他们绳之以法了。不，不，我们得把他们留在嫌犯名单上。如果我没记错的话，庄园里还有个马夫、两个沼泽地上的农民、我们的朋友莫蒂默医生——我相信他是无辜的，他的妻子——我们对她一无所知；有博物学家斯台普顿先生——据说他的妹妹是位很吸引人的淑女；还有拉斐特庄园的富兰克林先生——我们对他的底细也不清楚。此外还有一两个邻居。这几个人你一定要留意。"

"我会尽我所能的。"

"我想你带上武器了吧？"

"是的，我认为最好还是带上。"

"做得好。无论是白天还是黑夜都要带着你的左轮手枪，保持警惕。"

我们的朋友已经包下头等车厢，在月台上等着我们了。

"我们也没有什么新消息。"莫蒂默医生在回答福尔摩斯的问题时说，"但我确定一件事，这两天我们没被跟踪。我们出去时都很警惕，没人能逃过我们的法眼。"

"我猜你们总是一起行动？"

"昨天下午除外。通常我来伦敦的话都会留一天去找乐子，所以我去了外科大学博物馆。"

"我去公园看人去了。"巴斯克维尔说道，"我们都没碰到任何麻烦。"

"虽然如此，但你们还是太鲁莽了。"福尔摩斯摇了摇头，神情非常严肃，"亨利爵士，我请求你不要再单独行动了。如果你再这么做，厄运会降临到你身上的。你找回另一只靴子了吗？"

"没有，先生，那靴子人间蒸发了。"

"这样子啊。太有趣了。那么，再见了。"火车缓缓出站。"亨利爵士，记住传说里的那句话'当夜幕降临，便少到沼泽地去，因此时邪灵的力量最强。'"

我回头望去，火车已经驶离月台很远了。福尔摩斯高大而庄重的身影一动不动地站着，凝望着我们。

路途短暂而愉快，在这段时间里我逗弄着莫蒂默医生的史宾格犬，跟两位朋友也变得熟识起来。几小时后，褐色的大地变成了红色，砖瓦建筑变成了石头建筑，红色的牛群在树篱围着的田野里吃草，丰盛的水草和繁茂的植被无不说明了这里的气候更湿润。巴斯克维尔热切地盯着窗外，每当认出德文郡的风景时他总是连连赞叹。

"华生医生，虽然我到过世界上许多地方，"他说，"但没有一处能比得上这里。"

"我还从没碰到过一个不热爱家乡的德文郡人呢。"我回答。

"这不仅仅是因为德文郡风光美好，还跟人种有关系。"莫蒂默医生说，"拿我们这位朋友来说，他属于凯尔特人的圆形头骨，蕴藏着凯尔特人式的热情和忠诚。可怜的查尔斯爵士的头骨则十分罕见，他的头骨一半是盖尔人，另一半是艾弗尔人的特征。爵士，你离开庄园时还很小,是吗?"

"父亲逝世时我还只是个小孩子,从没见过庄园,因为我父亲住在南部海边的一座小房子里。之后我就跟一个朋友去了美洲,所以我跟华生医生一样,对这庄园很陌生,我也很想见识一下沼泽地。"

"是吗?那你可是得偿所愿了,那儿就是沼泽地。"莫蒂默医生指着窗外说道。

越过被切割成无数方块的翠绿田野,还有那连成曲线的低矮树林,远处出现一座灰色而阴郁的小山,山峰诡谲,凹凸不平,远远看去模糊而又不真切,犹如梦中撩人的景致。巴斯克维尔默默坐着,出神地盯着窗外。从他企盼的神情中,我知道这初次相见的故土对他的意义有多么深厚。他的族人世代管治这片土地,且处处都有他们的印记。而他,此刻正坐在车厢里,穿着花呢上衣,操着美洲口音。但当我看到他黝黑而富有表现力的脸庞时,我就更加觉得他是这高贵血统的真正后裔,有激情同时也有担当。浓厚的眉毛、善感的鼻孔以及淡褐色的大眼睛,无不彰显出他的自傲、英勇和力量。纵然这慑人的沼泽地会让我们的侦查满布荆棘与危险,但有这样勇敢并且有担当的同伴,我也愿一同前进。

火车在路边的一个小车站停靠,我们便下了车。白色的矮栅栏外,一辆双马马车已经备好。我们的到来明显是一件盛事,车站的站长和乘务员都纷纷过来帮忙提行李。这里一派温馨简朴的乡村景象,可让我感到意外的是,门口站着两名士兵模样的人,他们穿着黑色制服,挎着来复枪,当我们经过时一直盯着我们。车夫长得不高,冷冰冰的，脸上有很多疙瘩，他向亨利爵士行礼。几分钟后我们已驰骋在宽阔的白色大马路上。延绵不尽的牧草地在两旁伸展，古老的三角墙房子不时从浓密的绿叶中探出头来。但在一派宁静阳光的乡村背后是沼泽地阴郁延绵的轮廓，嶙峋的山峰时断时现。在傍晚的映衬下，沼泽地也变得更阴暗了。

马车转到一条岔路上，我们沿着一条小道上山，由于常年被车轮子轧过，这条路已经深深凹陷，两边满是湿青苔和肥厚的羊齿蕨。透着金属光泽的欧洲蕨和斑驳的黑莓灌木在夕阳下闪闪发光。马车继续上行，我们路过一座狭小的花岗岩小桥，沿着湍急的小溪走。溪声嘈杂，每当激流撞到灰色的大石上，便迸发出白色的水花。小道和急流沿着种满冬青叶栎和冷杉的溪谷蜿蜒而上。每到一个拐弯处巴斯克维尔都会发出由衷的赞叹，他热情地打量着四周的风景，还问了无数的问题。在他眼里这里的风景美极了，我却觉得这乡村有一丝深秋的冷清。马车过处，黄叶纷纷扬扬地飘落下来，铺满了小道。马车咔嗒咔嗒的声音消失了，因为地上堆满了枯朽的植被——在我看来，这是大自然给予此时正坐在车上的巴斯克维尔后人的不祥之兆。

"嘿！"莫蒂默医生喊道，"这是什么？"

眼前出现了杂草丛生的荒野。远处有一座小山岗，山顶上站着一个皮肤黝黑、神情严肃的骑兵。他前臂举着来复枪，如塑像般伫立在山顶。他正盯着我们走的这条路。

"铂金斯，这是怎么回事？"莫蒂默医生问道。

马夫坐在位子上稍稍回头。

"有个逃犯从普林斯顿监狱里逃走了,先生。他是三天前逃走的,每个火车站和路口都有人把守,但是还没找到他。这里的农民都感到很不安,就是这样,先生。"

"哦,我听说如果有人能提供线索的话会奖励五英镑。"

"是的,先生。但区区五英镑和可能会被撕碎喉咙相比简直不算钱。这犯人可不是一般的罪犯,他是个穷凶极恶之徒呀。"

"那犯人是——?"

"塞尔登,诺丁山谋杀犯。"

我也记得这件案子,因为福尔摩斯对这类犯罪手法特别残暴的案子很感兴趣。罪犯本应被判处死刑,可是考虑到他是由于完全失常才做出这样的暴行,所以被减刑了。马车爬上坡顶,宽阔无垠的沼泽地出现在了我们眼前,奇形怪状的突岩和锥型石堆墓分布其中,显得斑驳陆离。一阵冷风从沼泽地上吹来,把我们冻得瑟瑟发抖。就在这茫茫荒原中,一头恶魔正潜伏于此,他像一只野兽一般藏在洞里,对所有抛弃他的人心怀毒意。裸露的荒地、萧瑟的寒风、昏暗的天空还有这个逃犯,种种迹象都如此阴森,连巴斯克维尔也沉默了。他把大衣裹得更紧了些。

富饶的乡村已经在我们身后。我们回过头去,只见落日余晖把小溪映照得宛如一条金色的带子,新翻过的红土和树林在阳光的照耀下闪闪发光。眼前的路变得更荒凉了,山坡变成了黄褐色,还有很多大岩石。我们偶尔会路过沼泽地的农舍,农舍的墙身和屋顶都是用石头砌成的,粗糙的外墙也没有藤蔓。突然我们看到一个杯状洼地,里面长满了长势不良的橡树和冷杉,经年风暴已把树干压弯扭曲。树丛中突现两座又高又细的塔。马夫用马鞭指道:

"那里就是巴斯克维尔庄园。"

庄园的主人站了起来,双颊通红,眼睛闪闪发光。几分钟后我们到了庄园的大门口。大门有着铁铸的、纷繁精美的花式图案,门的两侧各有一根柱子,历经风雨洗刷,已布满地衣。柱子上雕着的野猪头乃巴斯克维尔家族的标记。门房早已成为一片废墟,只剩下一堆黑色花岗岩和一根光秃秃的橡木。而这堆废墟对面则新建起一座修了一半的建筑,这就是用查尔斯爵士在南非赚的黄金建起来的。

穿过大门,我们进入林荫大道,车轮在厚厚的落叶上再次静下来,头顶的老树枝干盘虬,大道也摇身变成荫翳的隧道,路又长又黑,尽头的大宅透出一丝微光,仿佛幽灵一般。巴斯克维尔颤抖了一下。

"就在这儿吗?"他低声问道。

"不,紫杉小径是在另一边。"

年轻的继承人脸上写满忧伤,他打量四周。

"住在这样的地方,难怪伯父会觉得自己大难临头。"他说,"任谁都会被吓到的。我要在六个月内在庄园门口装上一列斯旺牌和爱迪生牌的一千烛光电灯,之后你们铁定认不出这地方了。"

大道尽头是一片开阔的草地,我们终于抵达庄园。透过灰暗的灯光我看到草地中央有一幢结实的建筑,门廊前突,除了窗与盾徽的地方,大宅的前墙上爬满了常青藤,恰似黑色帷幕被剪了几块似的。

建筑上方修有两座古塔，上有枪眼和许多观望口。塔楼的左翼与右翼修有更现代化些的黑色花岗岩厢房。厚厚的窗棂透出暗光。陡峭的屋顶上有着高高的烟囱，一缕黑烟冉冉升起。

"欢迎，亨利爵士！欢迎来到巴斯克维尔庄园！"

一个高个子男人从门廊走出来并打开车门。庄园黄色的灯光下还有一位女性的身影。她走出来帮那个男人提包。

"亨利爵士，您不介意我直接驱车回家吧？"莫蒂默医生说，"我的妻子还在等我呢。"

"你不留下来吃晚餐吗？"

"不，我得走了，我还有工作要忙。我也想带您转转巴斯克维尔庄园，但巴里摩尔夫妻俩比我更熟悉这里。再见，如果需要我帮忙，请尽管开口，无论何时我都会来的。"

车轮声渐行渐远，我与亨利爵士走进大宅，大门在身后咣地关上了。我们置身于宽大的房间内，房上的几排橡木大梁因年代久远已经变黑。高高的铁狗后是样式过时的大火炉，火烧得正旺，噼啪作响。这一路长途跋涉，我们都冻麻了，便把手放到炉前取暖。环顾四周，只见狭长窗户上镶嵌着彩花玻璃，墙上镶有橡木嵌板，还挂着牡鹿头和盾徽。这一切在柔和的灯光下显得晦暗而阴沉。

"和我想的一样。"亨利爵士说道，"这里就像是一个古老家族的房子不是吗？一想到这里是五百年来我的先辈们住过的地方，我就肃然起敬。"

当凝视着这座房子时，他黝黑的脸上有着孩子气的热情。他站在灯光下，长长的投影映在墙上，仿佛黑色的阴影正罩在他的头上。巴里摩尔已经放好我们的行李。他走进来，毕恭毕敬地站在我们前面，这显示出他是一个训练有素的仆人。他相貌英俊，身材高大，留着黑色齐胡子，肤色白皙，仪表堂堂。

"老爷，请问您现在要享用晚餐吗？"

"已经准备好了？"

"几分钟内就能用餐了，老爷。您的房间已经烧好热水。亨利爵士，我和妻子乐于为您效劳，直到您做出新的安排。请您谅解，由于有新状况，这房子可能需要多些用人。"

"什么新状况？"

"我的意思是，查尔斯爵士的生活一直从简，所以我俩就能照顾他的起居生活。而您自然希望能有多些人住在这儿，所以住在这里的人可能有变。"

"你和你的妻子想离开吗？"

"在您觉得方便的时候，老爷。"

"可你的家族已经有好几代为我们家族服务了，不是吗？如果刚开始新生活就要切断彼此古老的联系，我会觉得很遗憾的。"

我觉察到男管家苍白的脸上出现了一丝情绪波动。

"老爷，我和妻子的心情跟您也是一样的。可说老实话，我们跟查尔斯爵士建立了很深的情谊，他的死给我们带来很大打击，我们面对这里的一切就觉得痛苦无比，恐怕继续待下去对我们来说很不容易。"

"那你们有什么打算?"

"老爷,我们想做点小生意,慷慨大方的查尔斯爵士让我们有了本钱。老爷,现在就让我带您去您的房间吧。"

古老的大厅上方有一条方形回廊,需要走双层楼梯才能上去。厅堂中央有两条走廊贯穿整栋大宅,所有卧室都在这两条走廊边上。我的卧室与巴斯克维尔的在同一侧,几乎就在他的卧室旁边。这些房间明显比房子中间部分的房间要新,明亮的墙纸和许多蜡烛多少改善了抵达之初这地方给我的压抑印象。

可是大厅边上的饭厅也十分压抑。台阶把长长的饭厅分成高低两部分,族人在高台上用餐,低处则是仆役吃饭的地方。饭厅上有一端修建了表演廊台。我们头顶上有黑色横梁,天花板已被熏得发黑。如果用好几排火炬把饭厅照得灯火通明,再来一场流光溢彩、尽情狂欢的旧时盛筵,这地方还不至于如此压抑;可现在却只有两个穿黑衣服的绅士坐在这里,罩灯投下一圈微弱的灯光,人无精打采的,就连说话声都变小了。只有一排穿着不同式样衣服的祖先肖像——从伊丽莎白时期的骑士到摄政时代的花花公子——带着威慑的目光,沉默地注视着我们。用餐时我们都没怎么说话,最后我很高兴总算吃完了这顿饭,可以去新修好的弹子房抽根烟。

"哎,那地方太压抑了。"亨利爵士说,"我还以为会慢慢习惯的,但现在看来并非如此。伯父独自住在这样的房子里,难怪会变得提心吊胆。如果你没意见,今晚我们就早点休息,可能明天会舒畅些。"

在上床前我去放下窗帘并眺望了窗外。窗户正对着大门前长满野草的空地。草地外有两处树林,风越刮越猛,树也摇晃着发出沙沙声。半边月儿从竞走的云缝中探出头来。借着冷清的月光,我看到树丛外尽是支离破碎的层岩,还有阴森的沼泽地那延绵的低矮轮廓。我关上窗户,觉得这睡前所看到的景象和之前对这里的所有印象一样糟糕。

没想到这还没完。虽然感觉很疲惫,可我却失眠了。便起身在房间里来回踱步,但依然毫无睡意。每过一刻钟远处就会传来一次大钟的报时声,除此之外古老的房宅则是一片死寂。突然,就在这死寂的夜里,我听到了一声清晰而响亮的声响。绝对没听错,那是女人的呜咽,像是一个悲伤得无法抑制的人发出的压抑的啜泣。我坐在床上凝神倾听,声音来自不远处,肯定就是从这房子里发出的。我就这么坐了半个小时,神经绷得紧紧的,可除了钟声和外墙的常青藤发出沙沙声外,一切都十分安静。

## 第七章

## 梅里丕的主人斯台普顿

第二天一早,景致清新宜人,一扫我们昨日初见庄园时的沉重印象。我和爵士坐在饭厅享用午餐,阳光穿过高高的窗棂洒在盾徽上,印出淡淡的光斑。此刻,深色嵌板在金光照耀下呈现出青铜般的光泽,实在难以想象这竟是昨晚使我们心情抑郁的饭厅。

"看来跟这房子没关系,是我们自己的原因啊!"准男爵说,"我们车马劳顿,坐马车又受了寒,所以才觉得这地方很压抑。现在我们休息好了,自然就觉得舒畅了。"

"但这也不全然是我们的臆想,"我说,"比如说,你有没有听到夜里有人——我猜是女人——在哭泣呢?"

"真奇怪,昨晚我在半睡半醒之间的确听到类似这样的声音。我等了一段时间,却再也听不到了,我还以为自己做梦了呢。"

"我听得清清楚楚,我肯定那是女人的哭泣声。"

"我们得马上把这事儿问清楚。"他摇铃把巴里摩尔唤来,询问他这是怎么回事。我注意到听完后管家那本就白皙的脸瞬时变得更白了。

"亨利爵士,这庄园里只住着两个女人,"他回答,"一个是睡在另一厢房里的厨娘,另一个是我妻子,我保证那声音不是她的。"

可我发现他撒谎了。早餐后我恰巧碰见巴里摩尔夫人,她长得高大胖实,表情冷漠,嘴角流露出坚毅。可通红的双眼和肿胀的眼皮暴露出她哭过。昨天夜里哭的人就是她,如果她哭了,那她丈夫肯定知道。为什么他要冒险撒这个很容易就会被揭穿的谎呢?为什么她会哭得那么伤心呢?这位脸色苍白、英俊不凡的黑胡子男人身上带着一丝神秘和阴森的感觉。是他首先发现了查尔斯爵士的尸体,我们只能从他的片面之词了解到爵士死时的情形。有没有可能我们在摄政街看到的就是他呢?连胡子都是一模一样的。虽然车夫说乘车的是一个身材更矮小的人,但也有可能是他记错了。我要怎样才能解开这个谜团呢?很明显,首先我得去拜访格林盆村的邮政局长,问清楚那封电报是否真的交到巴里摩尔本人手中。无论结果如何,我至少有情况能向福尔摩斯汇报。

早餐过后,亨利爵士要处理许多文件,这是我出去的绝佳机会。我沿着沼泽地边上走了4英里,一路上感觉心情愉悦,最后来到一个灰暗的小村庄。村里有两座大一点的房子,一座是客栈,另一座则是莫蒂默医生的家。邮政局长恰巧也在杂货店里,他对那封电报依然记忆犹新。

"当然了，先生，"他说，"我们可是遵照指示把电报交到巴里摩尔先生的手里。"

"是谁送的电报？"

"我儿子送的。詹姆斯，上星期你把电报送给庄园的巴里摩尔先生了，是吗？"

"是的，爸爸，是我送的。"

"亲自交到他手里了吗？"我问。

"啊，当时他在阁楼呢，所以我没给他，而是给了巴里摩尔太太，她说她会马上给他看的。"

"那你有没有看见巴里摩尔先生？"

"没有啊，先生，我不是跟你说他在阁楼么。"

"如果你没看见他，那你怎么知道他在阁楼呢？"

"哎呀，他老婆肯定知道他在哪儿呀。"邮政局长不耐烦地说，"难道他没收到那封电报吗？如果出了什么岔子，那也是巴里摩尔先生自己的责任。"

看来继续追问下去也没什么希望了，显然福尔摩斯的计谋也无法证明巴里摩尔本人当时是否在伦敦。如果在摄政街的人是他——最后目击查尔斯爵士活着的人，新继承人一回来就马上跟踪他的也是这个人。他为什么要这么做？他是其他人的帮凶呢，还是自己心怀鬼胎？迫害巴斯克维尔家族对他有什么好处？我又想起那封从《泰晤士报》剪下来的警告信。这封信是出自他本人呢？还是有人要揭穿他的阴谋？唯一清楚的动机，如亨利爵士所说，如果准男爵被吓走，那巴斯克维尔庄园就变成巴里摩尔永远的家了。但这样也不能解释所有阴谋，这一切都像在编织一张看不见的罗网裹着年轻的准男爵。福尔摩斯自己也说过，在他处理过的各种耸人听闻的案件中，从来没有一宗如此复杂。当我独自走回庄园时，我暗自祈祷我的朋友能尽快从其他案件中抽身，来这里接过我肩上的重任。

突然，我的思绪被身后传来的跑步声打断。有人在喊我的名字。我以为是莫蒂默医生，回头一看，却发现是一个身材瘦小的陌生人。他的胡子刮得很干净，一脸正经，头发是亚麻色的，下巴尖瘦，年约三四十岁。他穿着灰色西装，戴着一顶草帽，一手拿着绿色的捕虫网，肩上挂着一个锡盒子，里面装着生物标本。

"请你原谅我的冒昧，华生医生。"他一边说，一边气喘吁吁地走到我旁边。"我们都是在沼泽地生活的平常人家，就不需要什么正式的介绍了，您可能也从我们的朋友莫蒂默那儿听过我的名字。我叫斯台普顿，住在梅里丕。"

"看到你的捕虫网和盒子我就猜到了，"我说，"因为我知道斯台普顿先生是一位博物学家。可你是怎么认出我的呢？"

"我去莫蒂默的诊所那儿做客，您碰巧从他的窗外经过，他把您指给我看的。见到我们同路，我就想赶上您自我介绍一下。亨利爵士一切还好吧？"

"他很好，谢谢。"

"我们都很担心查尔斯爵士过世后新的准男爵会不愿意住在这

里。让一个有钱人来这种地方也着实委屈,可不必我多说,想必您也知道他对这里有多重要。我想亨利爵士对这件事应该不怎么迷信吧?"

"我认为他不会吧。"

"想必您也知道那个猎犬传说了?"

"我听说过。"

"这些农民实在太无知了!他们每个人都会发誓说在沼泽地里见过这样的怪物。"他说这话时虽然笑着,但我从他的眼神里读到他对这件事的态度要严肃得多。"这个传说对查尔斯爵士的心理产生了很大的压力,我肯定这就是他落得如此下场的原因。"

"怎么会呢?"

"他的神经一直都是这么紧张,任何一只狗的出现都可能对他脆弱的心脏予以致命一击。我猜他那晚在紫杉小径可能看到了类似的东西。我一直害怕悲剧会发生,因为我很喜欢这位老人,也知道他的心脏很脆弱。"

"你是怎么知道的?"

"我的朋友莫蒂默告诉我的。"

"那你认为那晚是有狗追着查尔斯爵士,所以他才会受惊吓而死是吗?"

"你有更好的解释吗?"

"我还没结论。"

"那夏洛克·福尔摩斯先生呢?"

我一下子屏住呼吸,可我瞥到他镇静自若,眼神也没异样,他不是有意说这话吓我的。

"我们假装不认识您也没用,华生医生。"他说,"我们这里读过您的探案记录,您也做不到只让福尔摩斯先生出名,自己却默默无闻。当莫蒂默医生告诉我你的名字时,他也没否认您的身份。如果您在这里出现,那就表示福尔摩斯先生对这件案子也很感兴趣,我自然想知道他的看法。"

"恐怕我无法回答你的问题。"

"那请问他会大驾光临吗?"

"他现在不能离开镇里。他正在处理其他案子。"

"太遗憾了!他可能会给处于黑暗迷雾中的我们一丝光明呢。如果您在调查中需要我帮忙,请尽管吩咐。无论您有什么疑问,或是想怎样调查此案,我都会为您效劳——甚至现在就可以帮您了呢。"

"我来这里只是拜访我的朋友亨利爵士,我也不需要任何帮忙。"

"厉害!"斯台普顿说,"您的确应该小心谨慎。我答应您不会再提这件事了。"

我们说着便走到一条杂草丛生的狭小岔路。只见这条路在沼泽地上蜿蜒盘曲,右手边是一座满是石头、过去曾被开发为花岗岩采石场的陡峭小山。暗色悬崖正对着我们,凹进去的地方长满羊齿蕨和黑莓灌木。远处升起一缕灰烟。

"只要再走一段路就能到梅里丕了,"他说,"不介意的话请来寒舍坐上个把小时吧,如能为您介绍我的妹妹我会感到万分荣幸。"

我的第一反应是自己应该待在亨利爵士身旁。可我记起他的书桌上堆满各种文件和账单，我肯定也帮不上忙。福尔摩斯也清楚明白地指示我要摸透这里的邻居。我便接受了他的邀请，一起往小路方向走。

"这沼泽地是个很棒的地方。"他说着环顾那起伏如波浪的绿色丘陵，山峰上那些奇形怪状的花岗岩犹如惊涛骇浪溅起的水沫。"你对她永远不会疲倦，简直无法想象她藏着多少令人惊叹的秘密。她是如此广阔、如此荒凉、如此神秘。"

"看来您对这沼泽地很了解呀？"

"我只在这儿住了两年。这里的人都喊我'新来的'。我们是在查尔斯爵士安顿下来不久才搬过来住的。可因为爱好，我已经跑遍这里的每个角落，没人能比我更了解这沼泽地。"

"观察难以进行吗？"

"太难了。比方说，这个大平原的北面有几座奇形怪状的小山峰，你能看出那儿有什么不同寻常的吗？"

"那是少有的骑马好地方吧。"

"您自然会这样想，可迄今为止已经有好几个这样想的人都在那儿丢了性命。您看到这平原上有许多绿色的亮晶晶的地方吗？"

"看到了，这些地方好像要比其他地方更肥沃。"

斯台普顿笑了起来。

"那些可是格林盆泥潭，"他说，"无论人畜，只要走错一步就必死无疑。昨天我才看到一匹小马陷进去，就再也没出来了。它拼了命想钻出来，可最终还是被吸进去了。就算是在旱季穿过那里也很危险,更别提现在这秋雨时节了。可我却能找到路去泥潭中心,还能活着回来。老天!又有一匹马陷进去了!"

一匹棕马在绿苔草中打滚挣扎。它的脖子极其痛苦地扭曲着拼命向上挣扎,沼泽地里回荡着惨烈的嘶鸣。我惧怕得心寒,我的同伴却很淡定。

"没了!"他说,"被泥潭吞没了。两天内就有两匹马遭殃——可能还不止呢,因为它们习惯在旱季的时候上那儿去。它们不陷进去就不懂现在跟旱季不一样。格林盆泥潭真的是一个糟糕的地方。"

"可你说你可以穿过这泥潭?"

"是啊,我发现有一两条路可以走,不过得身手敏捷。"

"为什么你会想去这样一个恐怖的地方?"

"这个嘛,您有没有看到那边的山?在漫长的时间里,这些泥潭已经把山包围了,所以这些山就像孤岛一样,里面有很多珍稀植物和蝴蝶,只要有才智就能抓到它们。"

"改天我也要碰碰运气。"

他惊讶地看着我。

"老天啊,快打消这个想法吧。"他说,"我可赔不起您的性命呀,我保证您绝对没机会活着回来。我也是记住复杂的地标才知道怎么走的。"

"天啊!"我喊道,"那是什么声音?"

一声长长的、不可名状的悲鸣响彻沼地。空中回荡着这响声,可分辨不出是从哪儿传来的。低吼逐渐变强,最后变成咆哮,尔后又变得安静,变成忧郁悸动的呜咽声。斯台普顿好奇地盯着我。

"这沼泽地真是个怪地儿!"他说。

"这究竟是什么?"

"那些农民说是巴斯克维尔的猎犬在捕猎时发出的嗥叫。我之前也听到过一两次,可从来没听到过这么大声的。"

我的心一阵发冷。我环顾着这大平原,绿色的树丛零星四散,除了一对渡鸦站在我们身后的突岩上啼叫,我看不到其他任何东西。

"你是个有教养的人,不会相信这些无稽之谈吧?"我说道,"你认为这些奇怪的声音是什么东西发出的?"

"泥潭有些时候也会发出怪声,可能是泥在下沉,或是有水涌上来,还可能是其他东西发出了声音。"

"不,不,这是活物发出的声音。"

"可能是吧。您有听过麻鸦的叫声吗?"

"没有,我没听过。"

"那是一种非常珍贵的鸟类——现在在英格兰已经灭绝了,但在这沼地上一切皆有可能。如果最后发现这声音是麻鸦发出的,我也不会感到意外。"

"这是我人生中听过的最诡异、最蹊跷的事了。"

"是啊,这地方就是这么诡异。你看山那边,看得出是什么吗?"

陡坡上有些灰色石头砌成的圆圈,至少有二十个。

"那是什么?羊圈吗?"

"不,那些是我们伟大的祖先居住的地方。曾经有许多史前人类住在这片沼泽地上,从那之后就再也没有人住在那儿了,所以那里所有的布局都被原封不动地保留下来。这些是他们住的没屋顶的棚屋。如果你因为好奇而去看看,还能发现灶台和长榻呢。"

"这规模已经相当于一个镇了。他们是什么时候开始定居的?"

"新石器时代——不知道确切年代。"

"他们会干什么?"

"他们在这些山坡上放牧,并且学会挖掘锡——这时正值从使用石器转向使用青铜器的时期。看山对面的沟壑,那些就是他们挖的。华生医生,你会在这沼泽地上发现许多奇异的事情。噢!不好意思!那一定是赛克洛培德虫。"

一只不知是苍蝇还是飞蛾的小虫从小路上飞过,斯台普顿立马去捉。他真是身手敏捷且精力非凡。小虫径直往泥潭那儿飞去,这位仁兄却一刻都没停下,从一丛草跳到另一丛草,绿色的捕虫网在空中挥动,看得我胆战心惊。我一边感叹他身手灵敏,一边替他捏了把汗,生怕他一个闪失失足掉进泥潭。就在这时我听到了脚步声,回头一看,发现一个女人离我们越来越近。她是从升起烟的那个地方来的,那里就是梅里丕宅邸。可她的身影被洼地掩盖了,所以等她走得很近时我才能看清她。

毫无疑问,她就是别人跟我提起的斯台普顿小姐,因为沼泽地上的淑女很少,而且我记得别人说她是一位美人。这个女人的确是美女,而且是不同寻常的美。他们两兄妹的相貌简直是天差地别,斯台普顿的肤色很浅,有着灰色的眼眸和浅色头发,而他的妹妹却是个有着深色皮肤和咖啡色头发的女人,她的肤色比我在英格兰看过的所有女人都要深——身材高挑,举止优雅。她的脸蛋长得实为标致高傲,若没有那善感的双唇和美丽热情的黑眼眸,看上去便会非常冷漠。她身材姣好,打扮优雅,站在这冷清的沼地小路上,实在是一幅罕有的景象。我转过来时她一直盯着自己的哥哥,接着很快又转过来看我。当我举起帽子正要大大恭维她一番时,她说的话让我立马有了新想法。

"回去!"她说,"马上回伦敦去!"

我十分意外,只能愚蠢地盯着她看。她瞪着我,脚不耐烦地踢踏着地面。

"为什么我要回去?"我问。

"我不能说。"她说话时有种可爱的咬舌音,声音低低的,带着恳切。"看在上帝的份上,听我的吧。回去,永远都不要再踏进沼泽地一步。"

"可我才刚来。"

"真是的!"她喊道,"您分不清这是为您好吗?马上回伦敦!今晚就走!要不惜一切逃离这个地方!别出声,我哥哥来了!别提我跟您讲过的话。介意在那堆杉叶藻里摘些兰花给我吗?沼地有许多兰花,当然,您来晚了,现在已经过时了。"

斯台普顿放弃了追逐,他上气不接下气地跑回来,满脸通红。

"嘿!贝丽尔!"他说。可我觉得他的声音并不是很热诚。

"杰克,你很热呀。"

"是呀,我在追一只赛克洛培德虫呢,这在晚秋可是很难找的。我竟没能抓住它,真是太遗憾了!"他不在乎地说着,小眼睛却不住地在我和她妹妹之间打转。

"看得出你已经自我介绍了呀。"

"是呀,我正告诉亨利爵士说他来晚了,看不到沼泽地上的美景了呢。"

"什么,你说这是谁?"

"这是亨利·巴斯克维尔爵士呀。"

"不不不,"我说,"我只是一个平凡人,不过我是他的朋友。我是华生医生。"

她富于表情的脸因羞恼而变红:"原来我们误会了。"

"怎么?你们也没说多久的话嘛。"她哥哥的眼神也很疑惑。

"我说话时还以为华生医生要住在这儿呢,没想到他只是一个访客。"她说,"所以兰花是早开还是晚开对他来说也无所谓。您要参观一下梅里不吗?"

走过一段小路,我们来到立在这荒芜沼泽地上的房子。在过去水草丰美的时候,这座房子曾是放牧人的农场,现在已经翻修成一座现代建筑。房子外有个果园,可是果园里的树和沼泽地里的一样矮小枯朽,使得这地方看起来更冷清了。一个穿着旧式衣服的干瘪怪老头开门迎接我们,他好像是打理家务的。然而,房里跟外面大相径庭,宽阔的房间处处体现出优雅的格调,应是出自那位小姐之手。打量着窗外散布着花岗岩的无尽荒原,我禁不住想为什么一个受过高等教育的人和一位漂亮的小姐,要选择住在这种地方。

"住在这里很奇怪吧?"他仿佛在回答我所想的问题,"可我们在这里住得相当快乐。是吧,贝丽尔?"

"的确很快乐。"她说。可她的语气使这话显得无甚说服力。

"我曾开办过一所学校,"斯台普顿说,"就在北边。对我这种人来说那里的工作相当机械无聊,可是能和孩子们一道,帮助浇灌他们的思想,用我的个性和理想打动他们,对我来说是很珍贵的机会。可惜命运在跟我们作对,学校爆发了一场严重的瘟疫,有三个男孩死了。打这以后学校一蹶不振,我的大部分资金也被花光。如果不是因为不能再与这些可爱的孩子们相处,我倒是能忘掉这件不幸的事。因为我对植物学和动物学有着浓厚的兴趣,我在这里能无拘无束地搞研究,我妹妹也跟我一样十分热爱大自然。华生医生,看到您在看着窗外时若有所思的神情我就知道您在想什么了。"

"我的确是在想,这里——可能对您来说没这么无聊,可对您的妹妹来说,应该是个沉闷的地方。"

"不、不、不,我从来不觉得闷。"她很快回答。

"我们有书,有研究工作,还有有趣的邻居。莫蒂默医生是他那个行业里最博识的人,可怜的查尔斯爵士也是不可多得的伙伴。我们跟他非常熟,所以思念之情简直无以言表。您认为如果我今天下午去拜访亨利爵士的话会很唐突吗?"

"我肯定他一定会很高兴的。"

"那就拜托您跟他说一声了。我们乐意尽绵薄之力帮助他适应这里的生活。华生医生，您要上楼看看我的鳞翅类藏品么？我认为这是英格兰西南部最完整的系列。等你看完午饭应该就准备好了。"

可我急着回去继续我的任务。孤寂的沼泽地、马儿的不幸罹难以及和巴斯克维尔传说有关的怪声，这一切都让我的思绪染上了悲伤的色彩。在这些模模糊糊的印象中，斯台普顿小姐的警告是如此清晰明确，我确信如此急切的恳求背后一定有着重大原因。我婉拒了留在这里用餐的邀请，循着来时那条杂草丛生的路，马上动身回庄园。

然而，除了这条路之外一定还有别的捷径，因为当我走到大路时我惊讶地看到斯台普顿小姐坐在岩石上。她双手叉腰，脸蛋儿因跑步而变得绯红。

"华生医生，我可是一路跑过来追你的呀。"她说，"我甚至都来不及脱帽子，我不能停留太久，不然我的哥哥会担心我的。我只想为将您误会作亨利爵士的事情跟您道歉。我犯了个愚蠢的错误，请您忘了我讲过的话吧，那些话对您也无用。"

"可我没法忘掉，斯台普顿小姐。"我说，"我是亨利爵士的朋友，我十分关心他的福祉。请告诉我为什么你那么想让亨利爵士回伦敦，好吗？"

"不过是女人家一时胡说罢了，华生医生。等您了解我，您就知道我总是说些或做些莫名其妙的事。"

"不，不！我记得你的声音都发颤了，我记得你的眼神。求求您，斯台普顿小姐，告诉我实情吧，打从来到这里我就一直觉得被阴影笼罩。我的生活变得跟格林盆泥潭一样，到处都是随时可能陷进去的绿色泥沼，而且没人指引我走出去。请告诉我你刚刚说的是什么意思，我答应你一定会转告亨利爵士的。"

她的脸上闪过一丝犹豫不决的神色，可随即眼神又变得坚定起来，她回答我：

"华生医生，您想太多了。我和哥哥对查尔斯爵士的死都感到很震惊。我们跟他非常亲密，因为他最喜欢散步来我们家。他十分在意自己家族的诅咒，所以在悲剧发生时我自然觉得他的担忧和害怕是有一定道理的。所以当我看到又有一位巴斯克维尔家族的人要来这里住时我就很担心。我认为他应当被警告，清楚自己面临什么风险。这就是我隐瞒的所有事情。"

"那你所说的危险是指什么？"

"您听说过猎犬的故事吗？"

"我不信那些怪力乱神的事。"

"可我信。如果您能劝说亨利爵士，那么请带他离开这个对他家族不利的地方吧。世界很大，为什么他非得住在这么危险的地方呢？"

"正是因为这里危险。这是亨利爵士的天性。你要是没有更有信服力的理由，恐怕他是不可能搬走的。"

"我已经没什么能说的了，因为我对其他东西一无所知。"

"斯台普顿小姐，我还有一个问题想问你。如果当时你跟我说这话只是出于这个目的，那为什么你不希望你哥哥听到呢？无论我、他或是其他人,对你所说的话都不会不同意呀。"

"我哥哥非常希望庄园里有人能住下来,因为他觉得这对沼泽地的穷苦百姓有好处。如果他知道我说了这些话,一定会生气的。可现在我已经履行我的义务了,再没什么话要说了。我得走了,不然他会担心我,怀疑我见过您。再见!"她转身离开,几分钟后就消失在四散的石头中,而我则带着说不清的惧怕回到了巴斯克维尔庄园。

## 第八章

## 华生医生的第一份报告

从现在起,我会将事情的来龙去脉,通过我写给福尔摩斯的、现正躺在我桌上的信转录于此。有一页信纸已经遗失,至于其他我仍一字不动地抄在这里。这些文字能比记忆更清晰地表现出我当时的感受与疑虑,虽然我对这些悲剧仍记忆犹新。

巴斯克维尔庄园,10月13日
亲爱的福尔摩斯:

之前的信和电报,大概已经让你知悉在这个被上帝遗忘的角落里所发生的事情。一个人在这里待得越久,灵魂就越会被广阔的沼泽地那阴沉的气氛所感染。一旦你走进沼泽地的中心,你会感觉到所有现代英格兰的痕迹都消失无踪,你会察觉到四处都是史前人类留下的房屋和活动痕迹。当你在沼泽地里行走时，你会发现四周尽是这些被遗忘的、古人留下的房子、坟墓、庙宇里的独石柱。看到这些傍着印痕累累的山坡而建的灰色石屋，你就会把本世纪的事情都抛诸脑后。假如看到一个身着兽皮的毛人从低低的门里面爬出来，将燧石弓箭放在石弓的弦上，你可能会觉得比你自己出现在这里还自然呢。奇怪的是他们竟在这片瘠地上密集地群居。我不是一个研究古物的人，可我能想象他们一定不是好战的民族，因不断被侵扰，所以被迫住在这片没人想占据的地方。

然而，所有的这些都与你交代我的任务无关，而且也很可能提不起你那异常实际的头脑的兴趣。我还记得我们在讨论是太阳绕着地球转还是地球绕着太阳转时你毫不关心的态度。因此，就让我接着讲关于亨利·巴斯克维尔爵士的一些事吧。

最近几天我都没给你寄报告，因为到今天为止都没发生什么重要的事情。可是接着却发生了意料之外的状况，我待会儿会跟你细说。但首先，我一定得先让你知晓其他方面的事。

其中之一是我很少提及的沼泽地里逃走的罪犯。现在有充分理由相信他已经跑掉了。对在这里居住的、疏落的居民来说是个天大的好消息。距离他逃跑已经有两个星期了，没有人见过他，也没有人听说过他。我完全无法想象他是怎么在沼泽地上度过这段日子的。当然了,他想要躲起来也不难,任何一间石屋都能为他提供藏身之所。可是,除非他能抓住沼地里的羊宰了吃,否则沼地上根本就没有食物。因此,我们都认为他已经逃走了,那些住在偏僻地区的农民也能睡上个安稳觉了。

住在这所房子里的我们四个人都肢体健全,能好好地照顾自己。但我承认每当想到斯台普顿一家时我就不放心。他们住在几里之外,家中只有一位老仆人、妹妹,还有身体不是很强壮的哥哥。一旦落入亡命之徒——比如那个诺丁山谋杀犯的手里,他们就会束手无策吧。我和亨利爵士十分关心他们的处境,我们曾建议让马夫铂金斯晚上去他们那儿守夜,可他们不接受。

事实上,我们的准男爵朋友对我们的淑女邻居有好感。这事也很正常,如果要这样一位精力充沛的男子在这沼泽地上孤独生活,无疑是度日如年;而她又是一位美丽迷人的淑女。她骨子里的那种热带风情和异国情调,和她那冷静而不易动情的兄长形成了鲜明对比。但是,她的兄长内心深处也有一团烈火,他对她肯定也很有影响力,因为我看到当她在说话时会不时察看哥哥的脸色,仿佛是要征得她哥哥的同意似的。他的眼里闪烁着一种理性之光,薄而坚毅的嘴唇透露出他是一个果断而严厉的人——你会发现研究他是很有趣的事情。

第一天他就来拜访了巴斯克维尔，第二天早晨又带我们去看了痞子老雨果故事的发源地。我们走了好几里的路，穿过沼泽地来到一个阴森惨淡的地方——一看就知道惨剧就是在这里发生的。在崎岖不平的小山堆里我们找到一个小谷地，沿着这山谷走到一片杂草丛生的空地，里面星罗棋布地长满了白绵草。空地的中间立着两块大石，大石的末端被磨尖，看上去就像是怪兽被磨蚀的大尖牙。这里的每一处都和故事的地点很像。亨利爵士很感兴趣，他不止一次地问斯台普顿是否相信有超自然力量干预人世的事。虽是轻描淡写地问，可看得出他急切地想要知道答案。斯台普顿的回答则有所保留，很明显他所说的比他所想到的要少。为了照顾准男爵的感受，他也不便将自己的想法和盘托出。他告诉我们有一些类似的案件，有些家庭曾受到邪恶力量的干扰，这让我们觉得他也认同世间对这件事的普遍看法。

回程时我们在梅里丕宅邸用餐，亨利爵士就是在那里遇见了斯台普顿小姐。从他见到她的第一眼起就被这位小姐深深吸引了，而且斯台普顿小姐与他也是情投意合。在我们回去的路上他一直提到她，从那天起我们几乎每天都跟这两兄妹见面。他们今晚会在这里用餐，我们还约好了下周去他们那儿。我们自然而然地觉得这样的结合对斯台普顿十分有利，可我不止一次地觉察到当亨利爵士对他妹妹献殷勤时，斯台普顿的脸上满是不认可的表情。显然，他非常依赖他妹妹，不能过没有她的生活。但如果他是因为这个原因而阻挠这天赐良缘，未免也太自私了。我肯定他不希望他们的爱情能开花结果，因为我不止一次地注意到他想尽办法不让两人有私下见面的机会。顺带一提，如果爱情也掺和进来，那你吩咐我别让亨利爵士单独外出的任务会变得更加艰巨。如果我按你信中的要求去做，估计很快我就会不受欢迎了。

有一天，准确来说是周四，莫蒂默医生来与我们进餐。这些天他一直在长丘那儿挖掘古坟，还找到了一个史前人类头骨，这让他兴奋不已。真没见过像他这么坚定的狂热爱好者！随即斯台普顿两兄妹也来了，应亨利爵士的请求，好心的医生带我们去了紫杉小径，告诉我们当晚发生的一切事情。这是一场漫长而压抑的散步，小径两边各有一小块狭长草地，后面则是修剪整齐的、高高的树篱。路的尽头是摇摇欲坠的避暑山庄。半路就是那道通往沼泽地的门——老绅士就是在这里留下了烟灰。这是一道带门闩的白色木门，门外就是沼泽地。我还记得你对这件案子的推理，便努力拼凑出当晚发生过的事情。当老人站在这里时他看到有东西从沼泽地跑过来，这东西让他丧失理智没命地跑，最后因极度恐慌、心力交瘁而死。他逃跑的小路像隧道一样又长又暗，他在躲什么？沼泽地上的牧羊犬吗？这件事是否是人为的呢？脸色苍白、小心谨慎的巴里摩尔又是否知道什么却没说出来？一切都扑朔迷离，但背后总有着罪恶的阴影。

继上次写信后我又遇到另一位邻居，拉斐特庄园的富兰克林先生。他住在我们南面4英里的地方，是一位脸色红润、头发花白、性情暴躁的老头。他热衷于研究英国法律，大部分身家都花在诉讼费上。他打官司仅仅是为了获得诉讼的快感，而且面对一个问题时往往不分青红皂白，难怪他会觉得这爱好很费钱。有时他会封路并且违抗教区要求他重开此路的要求；有时他会亲手拆掉别人家的门，还说这里从很久以前就是一条路，完全不理会户主起诉他侵犯权利。他熟知庄园和公共权益，有时他会利用这些知识帮助芬沃西的村民；有时又跟他们对着干。因此他时而被村民夹道欢迎，时而又被村民焚烧肖像泄恨。据说他目前手中有七宗诉讼，这些诉讼很可能会花掉他仅剩的财产，所以将来他就会像一只被拔了刺的大黄蜂，再也不能四处为害了。撇开法律来说，他尚算是一个和蔼的好人，我提及他仅仅是因为你说过叫我描述一下周围的人。作为一个业余天文学家，他有一台很好的望远镜。目前他正忙着用它搜捕那位逃犯，他整日伏在自家的房顶上观察沼泽地。要是他能把精力集中在这上面该多好啊。有谣言说他准备起诉莫蒂默医生未经近亲同意就私自打开坟墓，因为他之前也在长丘挖到一个新石器时期的头盖骨。他让我们的生活变得不那么单调——这地方急需一些滑稽的事儿来调节气氛。

现在，介绍完了那个逃犯、斯台普顿两兄妹、莫蒂默医生和富兰克林先生，最后，也是最重要的，我再来说说巴里摩尔夫妇俩，尤其是昨晚发生的出人意料的事情。

首先是那封你从伦敦发给巴里摩尔的电报。我之前已经向你转述过邮政局长的话，我们没法证明当时他到底在不在这里。我把这事告诉了亨利爵士，如同他一贯雷厉风行的行事风格，他立马就把巴里摩尔找来，问他有没有收到那封电报。巴里摩尔说他收到了。

"那男孩是亲自把信交到你手上的吗？"亨利爵士问。

巴里摩尔露出意外的神色，并想了一会儿。

"不，"他说，"当时我在阁楼，电报是我妻子拿给我的。"

"那是你本人回复的吗？"

"不，我告诉妻子怎么答复后她就下楼帮我写了。"

当晚，巴里摩尔自己又重提那件事。

"亨利爵士，我不是很明白今早您为什么要问那个问题。"他说，"我是不是做了什么事失去您的信任了？"

亨利爵士不得不跟他保证绝无此事，为了安抚他，亨利爵士还送了他许多旧衣服，因为他在伦敦新置的服装现在已经送到了。

我对巴里摩尔太太很感兴趣。她是一个结实且肥胖的女人，严肃拘谨，极为可敬，甚至带着清教徒的刻板，你再也找不到比她更无动于衷的人了。但是，我之前曾告诉过你，在我来这里的第一晚曾听到她哭得很伤心，从那时候起我不止一次注意到她脸上有哭过的痕迹。有时我会想是不是有什么内疚的回忆一直在纠缠她，有时我会猜巴里摩尔在家里可能是个暴君。我总觉得那个男人性情古怪，而且很可疑，可昨晚的冒险把我的疑惑通通都消除了。

这看起来可能只是一件小事。你也知道我夜里一向睡得很浅，因为监视的缘故我比以往睡得更浅了。昨晚大概深夜两点左右，我被房门口一阵鬼祟的脚步声吵醒了，于是便起身开门张望。走廊上有个很长的黑影。有个人手里捧着蜡烛，小心翼翼地穿过过道。他光着脚，穿着衬衫和裤子。我只能看到轮廓，但从身高来看我知道他就是巴里摩尔。他小心翼翼地慢步走着，脸上有说不上来的内疚和鬼祟。

我曾告诉过你，围绕大厅的走廊有段路是有阳台的，之后走廊在另一侧顺延下去。等到他走得不见了我才跟上去。等我走到阳台时他已经在走廊另一端的尽头，我看到有一扇门里透出微弱的灯光，便知道他已经走进其中一间房。由于这些房间都还没装修好，没有人入住，所以他的行为就愈发显得神秘了。灯源稳定不变，他似乎一动不动。我匍匐着穿过走廊，尽量不发出声响。站在门的一个角落里偷偷窥探里面。

巴里摩尔屈膝蹲在窗户前，手中的蜡烛抵着窗户，侧面半对着我。他正聚精会神地盯着窗外黑漆漆的沼泽地。他一直专心地看了好几分钟，之后发出深深的叹息，不耐烦地掐断了蜡烛。我立马跑回房间，不久后又听到门前有蹑手蹑脚的脚步声。过了很久，我已经快入睡了，听到钥匙转动门锁的声音，但我分辨不出是从哪里传来的。这到底意味着什么我不知道，但在这座阴森的房子里一定有着不为人知的事，我们迟早要查个水落石出。我就不跟你赘述自己的推理了，因为你只要求我陈述事实。

今早我和亨利爵士一起散步了很久，我们已经就昨晚的发现拟定了一个计划。现在我就先不说了，但这计划会使我的下一份报告读起来趣味盎然的。

# 第九章

## 华生医生的第二份报告

巴斯克维尔庄园，10月15日

亲爱的福尔摩斯：

当初我不得已离开你，却没能很好地执行任务，为你提供新的消息。现在我正竭力弥补当初失去的时间。在我们面前有一堆事正在快速发生。在上一份报告中我重点讲述了巴里摩尔在窗前张望的事情，现在我已经胸有成竹，结果会让你大感意外——除非我错得很离谱。整件事出乎我的意料，经历了一百八十度的大回转。就在过去的四十八小时内，一切都变得越来越清晰，但从某些方面来看又变得越来越复杂。现在我会详尽地把一切告诉你并留你自行判断。

在结束冒险后，我趁早餐前来到走廊并检查了巴里摩尔昨晚待过的房间。我注意到他一直聚精会神地盯着西窗外面，西窗和其他窗户有一点很不同——那里能最近距离地观察沼泽地，在两簇树中间有一个缺口，透过这个缺口可以把整个沼泽地尽收眼底，而其他窗户只能看到远处的一点。既然只有这个窗户能看清楚沼泽地，这就说明巴里摩尔一定在找一些人或东西。那天晚上夜色浓重，我简直想不出他想看见谁。我突然想到这可能是宗偷情韵事，这就可以解释巴里摩尔鬼鬼祟祟的行动和他那不安的妻子之间的关系了。这个男人长得风流倜傥，足以捕获乡村姑娘的芳心，所以这个假设也是不无道理的。我回到房间后听到的开门声可能就是他去赴密约了。我是在早上推理出这些事的，虽然结果可能毫无根据，可我还是把我的猜测都告诉你吧。

可是，无论巴里摩尔行动的真实原因是什么，我认为在我能解释这一切之前要一直保留这个秘密，这对我来说实在是个沉重的负担。早餐之后我和准男爵待在书房，我告诉了他我所看到的东西。出乎意料的是，他比我想象中平静。

"我知道巴里摩尔经常在晚上起来走动，我曾经想跟他谈谈这件事。"他说，"我有两三次听到他在走廊来回踱步的声音，正好就是你说的时间。"

"可能他每晚都去那个窗口呢。"我说。

"有可能。如果是这样的话，我们可以跟踪他，看看他到底在看什么。我想知道，如果你的朋友福尔摩斯也在这里，他会怎么做。"

"我相信他也一定会这么做的。"我回答,"他会跟踪巴里摩尔,搞清楚他在干吗。"

"那我们就一起行动吧。"

"可他一定会听到我们的动静。"

"他有些耳聋,而且我们必须得放手一搏。今晚我们就一起坐在我房间,等他经过就跟踪他。"亨利爵士兴奋地摩擦着双手,很明显他把这次冒险视作沼泽地平静生活的一种调剂。

准男爵已经和伦敦来的承包商以及之前曾替查尔斯爵士设计庄园的设计师商量过,很快这里将会焕然一新。他还找了来自普利茅斯的装潢设计师和家具商。我们的朋友显然胸怀大志,他打算不遗余力地重振家声。房子翻修后,他所需的就只剩一名贤内助了。而种种迹象表明,只要斯台普顿小姐点头,一切也就圆满了。我很少看到一个男人会像他那样对我们美丽的邻居如此着迷。只可惜这段真爱并不如我们企盼的那样顺利。比如今天,平静的爱情就意外地泛起了涟漪,我的朋友变得困惑不解,而且极度不安。

在我们谈论完巴里摩尔的事情后,亨利爵士戴上帽子准备出去,于是我也戴上帽子。

"什么,你也要来吗,华生?"他奇怪地看着我问道。

"那要取决于你是否要去沼泽地。"我回答。

"我是想去那儿。"

"好吧,你也知道我的任务是什么。很抱歉要打扰你,可是你也听到福尔摩斯是多么强烈地坚持我不能离开你,尤其是你不可以独自去沼泽地。"

亨利爵士笑着把手放到我肩膀上。

"亲爱的朋友,"他说,"纵然福尔摩斯有多神机妙算,他也料不到我来沼泽地后发生的一些事。你懂吧?我相信你也不想煞风景,我得一个人去。"

这让我陷入了两难的境地。一时间我不知道自己该说什么或做什么。还没等我下决定他已经拿起手杖出去了。

可等我把这事反复琢磨之后,我的良心又受到痛苦的谴责,无论出于什么托词,我也不该让他离开我的视线。我想象着如果我不得不回来,向你承认由于我没听从指示而导致了不幸的事情发生,我将会作何感受。我向你保证,一想到这儿我的脸就红了。想到现在追上亨利爵士还不迟,我便立马启程往梅里丕宅邸的方向赶。

一路上我都在飞奔,直到来到分岔路口我才看到亨利爵士的身影。我害怕自己走错方向,便爬到一座小山上俯瞰——就是那座被开发成采石场的山冈。之后我立马看见了他,他在沼泽路上走着,离我约 1/4 英里远,身边还有一位女士——而那只能是斯台普顿小姐。他们间明显培养了默契,约好了在此见面。他们正慢慢走着,谈得热火朝天。我看到她热切地做着些手势，仿佛在说些很急的事情；而他听得很认真，并且数次摇头，表示坚决不同意。我站在一堆岩石上，不知道自己下一步该干吗。如果跟着他们并打断他们的亲密对话，这么做很不识相，可是我的职责却一刻都不能让他离开我的视线，偷窥我的朋友实在可恶。可是，我实在想不出比从山上观察他更好的办法了，之后我会向他坦承我做过的事情，这样我的良心才能过得去。的确，我离他太远，如果发生任何不测我都帮不上忙，可是相信你也理解我处在一个进退两难的位置上，我也实在想不到更好的法子了。

亨利爵士和斯台普顿小姐停了下来，聊得很热烈。突然我意识到我不是唯一在看着他们的人。我看到空中闪过一拂绿色，再定睛一瞧，原来是有人拿着棍子，上面绑着绿色的网，这人正在破碎的地表上走。那是斯台普顿。比起我，他离那对情侣近多了，且正往他们那儿去。就在这时，亨利爵士突然把斯台普顿小姐拉到他身边，可是斯台普顿小姐却把脸转向另一边，竭力要摆脱他。他俯身把脸凑上去，而她则扬起了一只手以示反对。下一刻我看到他们俩突然跳开并同时回过头去。原来是斯台普顿坏了他们的好事。他发了疯似的跑向他们，滑稽的捕虫网在他身后晃荡。他在这对情侣面前激动地比画着，手舞足蹈。这场面意味着什么我猜不到，可我觉得斯台普顿好像在责骂亨利爵士，后者虽竭力解释，却不被斯台普顿接纳。那位小姐则倨傲地站在一边不出声。

最后斯台普顿突然转过头,以一种不由分说的姿态招手唤他妹妹过去,他妹妹犹豫地瞥了亨利爵士一眼,就跟着她哥哥走了。那位博物学家的姿势说明他对他妹妹也很生气。准男爵伫立在原地看着他们的背影有整整一分钟,而后耷拉着头慢慢地往回走,样子好不沮丧。

我不知道究竟发生了什么,可我十分愧疚,我没征得朋友的同意偷偷看到了如此私人的一幕。于是我也跑下山并在山脚碰见准男爵。他气得脸颊通红,眉毛都扭成了一团,仿佛气急败坏得不知该干吗。

"华生!你是打哪儿钻出来的?"他说,"你该不会一直在跟踪我吧?"

我对他和盘托出。我告诉他我觉得自己不能留在庄园里,我是怎么跟着他的,还有我看到了什么。他立马瞪着我,可我的坦白浇灭了他不少怒气,他最后爆发出懊悔的笑声。

"本以为大平原中心肯定是个隐秘的好地方。"他说,"可是上帝啊,好像整个村的人都来看热闹了——看我求婚失败!你是在哪儿看的好戏?"

"我就在山上。"

"在这么后面啊?可她哥哥却跑到前排来了。你看到他冲过来了吗?"

"看到了。"

"你以前有见过他这样发了疯似的吗——她的好哥

哥？"

"我从没见过。"

"我也没有。我一直以为他是个正常人——直到今天。可我俩之间一定有一个要进精神病院，不是他就是我。我究竟有什么问题？华生，你已经跟我一起生活了几个礼拜，现在马上告诉我！究竟是什么问题使我不能成为一位好丈夫，去照顾我爱的人？"

"我认为没有。"

"他对我的地位无可辩驳，那肯定是我自身有问题。他对我有什么不满？我此生从来没有伤害过我认识的任何人，他却不让我碰她的指尖。"

"他是这么说的吗？"

"比这要过分得多呢。告诉你，华生，虽然认识她只有短短几个星期，可自从第一眼见到她起，我就觉得她是为我而生的，而且她也一样——她和我在一起时很快乐，我发誓。一个女人眼睛里的闪光要比话语更有说服力。可他却从不肯让我们在一起，今天是第一次有机会让我和她单独说话。她很高兴能见我，却不愿谈论我们之间的爱情，如果能阻止我，她甚至不肯让我开口谈这个。她只是不断地说这是个危险的地方，除非我离开，否则她永远都不会快乐。我告诉她从看到她的第一眼起我就不再急着离开，如果她真想让我走，唯一的方法就是跟我一起走。接着我就说了很多话跟她求婚，可在她回答之前她的这位好哥哥就像个疯子一样冲了过来。他气得脸都发白了，眼睛都快迸出火光。我对这位小姐做什么了？我怎么敢做出让她不高兴的事呢？难道是我自以为是个准男爵就能随心所欲吗？如果他不是她哥哥的话，我倒知道该怎么应付。当时我告诉他我对他妹妹的感情没什么见不得光的，我还跟他说我想娶她为妻。可我的话也没能让事情好转，之后我也发脾气了，可能我在回答他的时候有点太过火了，当时她就站在那儿。所以最后如你所见，她哥哥拉着她走了，而我在这里，比郡上所有人都一头雾水。华生，告诉我这究竟是怎么一回事吧，我会对你感激不尽的。"

我虽然尝试着给出了一两个解释，可是说真的，我自己也一头雾水。以我们朋友的头衔、财产、年龄、性格还有相貌来说，他已经很完美了。除了他家族的晦暗命运，我实在想不到其他对他不利的地方了。他的求婚还未征得对方的意见就被粗暴地回绝，而那位小姐竟也毫无反抗，这实在是太令人疑惑了。我们的推测止息了，因为就在当天下午斯台普顿亲自来了。他来为早上的粗鲁行为致歉，并在书房里和亨利爵士谈了很久，谈话后他们便和好了，还约好下周五一起去梅里丕进餐。

"我不是说他现在就不是疯子了。"亨利爵士说，"我还是忘不了今早他跑过来时的那种眼神，可我得承认他道歉的功夫真可谓是滴水不漏。"

"他有没有解释自己的行为呢？"

"他说他的妹妹就是他的全部。这是自然，我也很高兴他很重视她。他们一直都形影不离，他说自己是一个很孤独的人，除了他妹妹就没其他人陪他了，所以想到会失去她就让他很害怕。他说，最开始他还不相信我已经爱上她，可当他亲眼看到，想到他妹妹会离开他，一时间他就失去了理智。他为自己的行为感到很抱歉，而且也意识到把一个如此美丽的妹妹留在自己身边一辈子是多么愚蠢自私的行为。如果她不得不离开他，那他情愿她嫁给一个像我这样的邻居而不是别人。可无论如何这对他是一个打击，他需要一段时间去接受。所以他和我说，如果我能在这三个月里跟他妹妹保持纯友谊关系，不向她求爱，他就不会再反对我们的爱情。我答应了，事情就这样告一段落了。"

于是我们其中一个小疑团便这样解开了，仿佛当我们正在泥潭里苦苦挣扎时，突然踩到了潭底。我们现在知道为什么斯台普顿看见他妹妹的求婚者会满脸不同意——即使那个求婚者是像亨利爵士这样条件这么好的男人。现在我要讲一下另外一条线索，我努力从一团乱糟糟的线索中理出了头绪，神秘的夜半啜泣，巴里摩尔太太脸上的泪痕以及管家偷偷摸摸地去西窗那儿的行动。亲爱的福尔摩斯，恭喜我吧，告诉我我没让你失望——我对得住你当初遣我来的信心。所有这一切在一夜之间就全都弄明白了。

我说是"一夜之间",可说老实话,是两晚的工夫,因为头天晚上我们什么都没弄清楚。我和亨利爵士坐在他的房间里等到凌晨三点,除了楼上大钟的嘀嗒声之外我们并没听到其他声音。当晚一无所获,我和爵士在各自的椅子上睡着了。幸运的是我们没灰心,决定再试一次。第二晚我们调暗了灯,尽可能一声不响地坐着抽烟。时间过得不可置信地慢,靠着耐心和兴趣我们才能勉力撑下去,就像猎人耐心地看着陷阱等待着猎物。大钟敲过第一次,接着又敲过第二次,绝望中我们几乎都要放弃了,突然我们听到走道上传来咯吱作响的声音,我们俩整个人都坐直了,疲劳的神经再一次紧张起来。

我们一直听着这声音,直到它在远处消失。准男爵轻轻地打开门,我们便开始跟踪。我们的目标已经穿过回廊,走廊黑漆漆的。我们轻声踱步来到另一间厢房,恰好看到高大的黑胡子身影。他缩着背,踮脚走过走廊。接着他像上次那样走进那间房,黑暗中蜡烛的火光照出门的轮廓,并在黑暗的走廊里射出一束黄色的光。我们小心翼翼地拖着脚步走了过去,在敢完全踩在木板上之前总要先试探一番。虽然我们已经事先脱了靴子,但当我们踩在旧木板上时还是会发出叽嘎声。有时候我简直不敢相信他居然没听到我们的动静。幸好巴里摩尔有点耳背,而且他也全神贯注地在做自己的事情。我们终于走到了门口,偷偷往里看去。只见他蹲在窗户前,手里拿着蜡烛,苍白的脸压在窗玻璃上,他专心地看着外面,就跟前一次一模一样。

我们之前并没有计划要采取什么行动,可对于准男爵而言,最直截了当的方法就是最自然不过的方法。他走进房间,巴里摩尔整个人都跳了起来,脸色铁青,喘着粗气,他浑身发颤,黑色的眼珠子都快从白色面具里掉出来了,他又惊又怕地盯着亨利爵士,又看了看我。

"巴里摩尔,你在这里做什么?"

"没什么,老爷。"他害怕得连话都说不清了,拿着蜡烛的手不住地战抖,使得他的身影也在上下跳动。"我晚上上来是来看看窗户有没有锁紧,老爷。"

"来看二楼的窗户?"

"是的,老爷,所有窗户。"

"给我听好了,巴里摩尔,"亨利爵士严肃地说道,"我们已经下定决心要听你说真话,所以你越早说出来麻烦就越少。说出来,现在!别再给我撒谎了!你究竟在窗前干吗?"

巴里摩尔六神无主地看着我们,双手使劲绞成一块,处于极度惊疑和痛苦之中。

"老爷,我没干坏事,我只是拿着蜡烛站在窗前。"

"那你为什么要拿着蜡烛站在窗前?"

"别问我,老爷,求您了——别问我!我向您保证,老爷,那不是我的秘密,所以我不能说啊。如果与别人无关,只是我自己的事情,我会对您开诚布公的。"

突然,我想到了,我从管家颤抖的手里接过蜡烛。

"他一定是拿着这盏灯作信号。"我说,"让我看看有没有回应。"我像他那样拿着灯,看着漆黑的窗外。月亮被云遮住,我只能依稀看到一排黑色的树影还有远处宽阔的沼泽地。突然间我发出一声狂喜的喊叫,因为我看到黑色的夜幕中突闪出一点小黄光,正好照在正方形的窗格中央。

"就是那个!"我喊道。

"不,不,先生,没有什么——什么都没有!"管家打断我的话,"我向您保证,老爷——"

"华生,把蜡烛移开!"准男爵喊道,"看!那个光点也动了!你这个老流氓,你敢否认那不是信号吗?给我说清楚!那边的同伙是谁,你们在搞什么阴谋?"

巴里摩尔的脸上露出拒不合作的表情。

"这是我的事,不关你们的事,我不会说的。"

"那就请你立马打包袱走人!"

"好啊,老爷,如果我必须得走的话我一定会走的。"

"你只会丢人现眼地离开!老天啊,你真该为自己感到羞愧,你家和我家已经在同一屋檐下生活了过百年,却让我发现你在暗中策划要谋害我。"

"不,不,老爷。不,不是的!"一个女性的声音传来。原来是巴里摩尔太太,她站在门口,脸上的神色比她丈夫显得更惨白、更慌张。她肥胖的身躯穿着一条裙子,披着披肩,如果不是她脸上带着痛心疾首的表情,看上去还挺滑稽呢。

"伊利萨,我们得走了。已经结束了,你快去打包吧。"男管家说。

"噢,约翰,约翰,是我把你连累到这地步的吗?亨利爵士,这是我的错——全都是我一个人不好。他只是为了我才会帮我做这件事的。"

"那就说啊!你们究竟在干吗?"

"我那可怜的弟弟在沼泽地上忍饥挨饿呢。我不能让他在我们家门口饿死。那盏灯是信号,告诉他食物已经准备好了,而远处的光表明食物送过去的地点。"

"那你弟弟难不成是——"

"就是那个逃犯,老爷——名叫塞尔登的犯人。"

"老爷,这就是真相。"巴里摩尔说,"我已经跟你说过了,这不是我的秘密所以我没法跟您说。可现在你听到了,你该知道我对您无半点谋害之心。"

这就解释了晚上偷偷摸摸的脚步声还有窗前的灯光。亨利爵士和我惊讶地打量着这个女人。这个冷漠得可敬的女人真的跟这个国家最臭名昭著的罪犯有血缘关系吗?

"是的,老爷,我姓塞尔登,他是我弟弟。他还小的时候我们太宠他了,什么都由着他的性子,结果他以为全世界都是在取悦他,变得放肆不羁。他长大后又遇到坏朋友,人也变坏了，他让我母亲心碎，还使我们家声誉扫地。他一次又一次地犯下不可饶恕的罪过，最后因为上帝的怜悯才把他从断头台上给救回来。可是，老爷，对我来说，他永远都是那个我从小照顾和一同玩耍的卷发弟弟。老爷，所以他才会越狱，他知道我在这里，知道我一定会帮他。有天晚上，他拖着疲惫饥饿的身体来到这里，狱卒在后面紧追不舍，我们能怎么做呢？我们把他带进来，给他饭吃照顾他。之后，老爷您要回来了，我弟弟认为在风声过去前待在沼泽地会更安全，于是他就藏在那儿。每隔两晚我们都会在窗前放一盏灯，确定他是否还在那儿，如果有回应我丈夫就会拿些肉和面包给他。我们每天都希望他已经走掉，可只要他还在那儿我们就不能放弃。这就是全部真相，我是一个诚实的基督徒，如果要责备的话请责备我吧，不关我丈夫的事，他这么做全是为了我。"

那女人字字句句都带着诚恳，十分有信服力。

"巴里摩尔，这都是真的吗？"

"是的，亨利爵士，句句属实。"

"我不会责备你为妻子所做的事，忘了我说的话吧。你们两个现在就回房间去，我们明早再谈这件事。"

他们走了，我们又望向窗外。亨利爵士打开了窗，夜晚凛冽的寒风刮着我们的脸。黑暗中远处的小亮光依旧在那儿。

"我想他害怕了。"亨利爵士说。

"那个地方可能只有在这里才能看得到。"

"很有可能。你觉得有多远?"

"应该就在裂岩山那儿吧。"

"不过一两英里远。"

"可能还不到呢。"

"如果巴里摩尔要带食物给他,那就一定不会远。"

"这个恶棍还在蜡烛旁等着呢。老天,华生,我要去抓住他!"

我的头脑中也闪过同样的想法。巴里摩尔夫妇看起来并不信任我们,他们是不得已才跟我们透露这个秘密。这个犯人对社区是个重大危险,一个如此十恶不赦的人实在不值得怜悯或者替他找借口。我们只是利用这个机会履行我们的职责,把他送回那个让他不能再四处为害的地方。如果我们不采取行动的话,以他残暴的天性,其他人必定会遭殃。比如说,我们的邻居斯台普顿一家就很可能会在某一晚被他袭击,这可能也是亨利爵士决心要抓住他的原因。

"我也去。"我说。

"那就拿上你的左轮手枪,穿上靴子。越早出发越好,他可能会熄灭蜡烛逃跑。"

五分钟后我们站在门口开始探险。秋风瑟瑟,落叶沙沙作响,我们在黑暗的灌木丛中穿行。晚上空气潮湿,透着一股腐败的味道。月亮不时从云端探出头来，云朵在天空竞走，等我们来到沼泽地，天开始下起一阵小雨。前方灯光依然亮着。

"你带武器了么？"我问。

"我带了根猎鞭。"

"包围他的时候一定要快，他是个亡命之徒，我们必须出其不意抓住他，在他反抗前马上控制住他。"

"我说，华生，"准男爵说道，"福尔摩斯会怎么说呢？可能会说'当夜幕降临时邪灵力量最强吧？'"

仿佛是在回应他的话一般，阴森广阔的沼泽地上突然传来一阵奇怪的吼叫声，和我在格林盆泥潭边上听到的一样。静默的夜里，风捎来了这声音，起先是一声长久低沉的呢喃，接着爆发出一声嗥叫，紧接着又变成悲恸的哀鸣，最后消失无踪。刺耳、狂野、极具威胁性的声音接连不断，就连空气都震动了。准男爵抓住了我的袖子，在黑暗中他的脸色变得惨白。

"我的天，华生，那是什么声音？"

"我也不知道。是从沼泽地上传来的，我之前也听过一次。"

声音消失，周围被死寂笼罩。我们站在那儿竖起耳朵，可什么都没听到。

"华生，"准男爵说，"这是一只猎犬的嗥叫。"

准男爵的声音不时停顿,这说明他也被一阵突如其来的恐惧攫住了。我血管里的血也都被冰冻了。

"他们说这是什么声音?"他问。

"谁?"

"这里的人。"

"噢,他们都是些无知的人,你何必介意他们说什么呢?"

"告诉我,华生。他们是怎么说的?"

我犹豫了一会儿,却无法回避这个问题。

"他们说这是巴斯克维尔猎犬的嗥叫声。"

他发出一阵呻吟并陷入沉默。

"一只猎犬啊。"他最后说话了,"可听起来像是从很远的地方传来的,我想可能还更远呢。"

"很难说声音是从哪里来的。"

"声音随着风忽高忽低。那个方向不是格林盆泥潭吗?"

"是的。"

"啊,就是那里。华生,难道你不认为这是猎犬的嗥叫声吗?我又不是小孩子,你不必害怕说真话。"

"我上次听到的时候斯台普顿就在我身边。他说这有可能是一种奇怪的鸟叫声。"

"不不不,这是猎犬的叫声。我的天啊,难道这些故事是有几分真确的吗？难道我真的受到邪恶的诅咒了？你不会相信的，是吗，华生？"

"不，我当然不信。"

"在伦敦时我们只是一笑置之，可在这里，站在黑暗的沼泽地里，听着这么恐怖的叫声，又是另一回事了。还有我的伯父！在他倒下的地方有猎犬的脚印，这就合理了。华生，我不是一个懦夫，可那声音让我浑身血液都结冰了。你摸摸我的手！"

他的手冰得像块大理石。

"你明天就会好起来的。"

"我不认为我能摆脱那些嗥叫声。你建议我们现在干吗？"

"我们不如回去吧？"

"不，老天啊，我们已经出来了，那我们就得抓到人。我们跟在犯人后面，说不定那该死的猎犬也跟在我们后面呢。来吧！我倒要看看洞里的妖魔鬼怪是不是都跑到沼泽地上来了。"

我们在黑暗中跌跌撞撞地慢慢走着，周围崎岖的山冈显出若隐若现的黑色景象，光源一直在前面。在一个如此漆黑的夜晚实在很难判断我们距蜡烛还有多远，有时那光就像是远在地平线，有时又像距离我们只有几码远。终于我们看到了光的来源，便知道现在我们真的离犯人很近了。

一根淌蜡的蜡烛插在岩缝里，岩体挡住蜡烛两侧以防被风吹熄，还能防止被别人看见，除了巴斯克维尔庄园的方向外。一块大花岗岩挡住了我们，我们藏在这块石头后面，看着这盏信号灯。看着这根蜡烛立在沼地中，附近却荒无人烟，这种感觉实在是太奇怪了——荒原上只有上升的黄色火焰和两侧被照亮的岩石。

"我们现在要怎么做？"亨利爵士低声问道。

"在这儿等着。他一定就在蜡烛附近。我们瞧瞧能不能看到他。"

话还没说完，我们两个就同时看到了他。就在那块插着蜡烛的岩石缝里，一张被火光照亮的凶狠的脸突然探了出来，长得像野兽一般，面目狰狞，凶神恶煞。他浑身沾满泥巴，长着鬃毛似的胡子，顶着一头缠结的头发，看起来更像是住在山洞里的那些原始人。下面的烛光照亮了他那狡猾的小眼睛，他正在黑暗中左右张望，眼神凶狠，仿佛一头狡诈的野兽听到了猎人的脚步声。

他显然起了疑心。巴里摩尔可能私下还有我们不知道的信号，又或者有其他原因让这家伙感到有点不对劲，我看到他邪恶的脸上露出害怕的神色。任何一秒他都有可能会掐灭灯光在黑暗中消失。所以我就跳到前面，亨利爵士也跟了上来。就在那一刻这个逃犯大声诅咒并向我们猛掷一块石头，这石头是从遮掩我们的花岗岩上脱落的。他跳起来转身逃跑，我看到他身材短小，长得很结实。幸运的是，在这时月亮出来了。我们跑过山脊，而我们的目标已经全速跑下另一边，像山羊一样在石堆中跳来跳去。如果幸运的话我是能用枪把他打瘸的，可枪是用来自卫的，而且我不会朝一个正在逃跑的、手无寸铁的人开枪。

我们都是跑步好手，并且接受过良好的训练，可很快我们就发现不可能追上他。在月光下我们久久地看着他，后来他朝远处山冈的一侧跑去，在群石中乱窜，渐渐缩成一个点。我们一直追着，直到后来筋疲力尽为止，而我们跟犯人之间的距离变得更大了。最后我们停下来，坐在两块岩石上喘着粗气，眼睁睁地看着他在远处消失。

就在这时不可思议的事情发生了。我们已经放弃了追捕，站起来准备回家。月亮低悬在天空右边，参差不齐的花岗岩山尖贴着银盘的下半曲线。在这明亮背景的映衬下，我看见一个男人站在石头上，就像一尊黑檀雕像。福尔摩斯，不要以为那是我的幻觉。我向你起誓，我一生中从未见过比这更清楚的东西。我远远推断出这是一个高高瘦瘦的男人。他两腿稍分开地站着，双手交叠，低着头，仿佛正盯着眼前这个满是泥炭和石头的荒原在思考。他有可能就是徘徊在那恐怖之地的幽灵呢。他不是那个逃犯，这个人站的位置离那逃犯消失的地方要远得多。我惊讶地指着那个男人并且想要叫准男爵看，可就在我抓住他手臂的那一刻那个男人就消失了。尖锐的花岗岩山顶依旧与月亮低矮的轮廓相切，可山顶上再也没有那个一动不动的沉默身影。

我本来想朝那个方向走并在那里搜索一番，可是那儿有点远。准男爵的神经还没从那声嚎叫中恢复过来，那嚎叫使他想起了家族的黑暗故事，他实在没心情再来一场新冒险。由于他没看到这个男人，所以也没法理解那人诡异的现身和居高临下的感觉所带给我的战栗。"一定是狱卒，"亨利爵士说，"自从罪犯逃跑后，这沼泽地就多了许多狱卒。"好吧，可能他的解释是对的，可我想进一步证实。今天我们打算和抓捕逃犯的普林斯顿监狱的负责人交流一番，真可惜，我们还是没能亲手逮住他。以上就是昨晚的冒险了，亲爱的福尔摩斯，你必须承认我的报告还是写得相当出色的。尽管大部分信息都毫不相干，可我依然认为让你了解所有事实，供你自行选择，将是帮助你推理的最佳方法。我们的的确确取得了不少进展。拿巴里摩尔来说，我们已经找到他们行动的动机，情形也变得清楚不少。可是这沼泽地，以及它的许多谜团，还有古怪的住客，这些疑团我们依然无法破解。可能在下一份报告里我可以提供一些线索。如果你能来这里跟我们会合，那就最好不过了。无论如何，接下来的几天内我会继续给你寄信。

第十章

华生医生日记摘录

之前摘录的是我早期寄给福尔摩斯的报告。然而现在我必须放弃这种写法,以那时的日记为辅助,凭借我的记忆为大家叙述。记忆中各处不可磨灭的细节都能通过日记展现出来。接下来我会从那天凌晨,我们没能成功抓住逃犯之后在沼泽地上发生的其他的怪事说起。

10月16日

　　天色阴暗,多雾,有阵雨。乌云翻腾,整个庄园都笼罩在阴郁之中。行云忽高忽低,映衬出沼地阴沉的轮廓。山的纹路勾勒出一丝银光,阳光洒在潮湿的石面上,远处的石头便闪闪发光。屋里屋外都很压抑。准男爵还未从昨晚的激烈运动中恢复过来,我的心沉甸甸的,我预感到危险已迫在眉睫——危险无处不在,我却没办法指明它是什么,这就显得更恐怖了。

难道这种危险是无来由的吗?想想发生的一连串事件吧,所有事件都指向一些包围着我们的不祥之兆。庄园最后一位主人逝世,死状和那个家族传说如出一辙;很多农民都说在沼地上看到一只奇怪的生物;我两次亲耳听到那些怪声,恰似远方传来的猎狗吠叫。这世上竟有超出自然法则之外的东西,简直不可思议,令人难以置信。一只会发光的猎犬居然留下了实在的脚印,还会咆哮,这简直是不可想象的事情。斯台普顿和莫蒂默可能会相信那些迷信之言,可在这世间我只相信常识,没有人能说服我相信迷信。因为这么做无异于自降身格,和那些硬要把一只猎犬说成是口眼冒出地狱之火的怪兽的农民一样。福尔摩斯是不会相信这些臆想的,而我,身为被委托人,与他立场一致。可事实终归是事实,我有两次的确听到了沼泽地上的嗥叫。假如沼泽地上真有一只大猎犬,那这就能解释一切了。可是这么一只大猎犬能藏在哪里?它从哪儿获得食物呢?它是从哪里来的?为什么白天没人见过它?不得不承认,要用自然的逻辑去解释,和迷信的解释一样是困难重重。而且,除了那只猎犬,在伦敦时还发生了人为的事情——马车里的男人,还有叫亨利爵士别往沼泽地去的信。至少这些的的确确发生了,可能出自于一个朋友或是敌人之手。那这位朋友或敌人现在又在哪儿呢？他是在伦敦呢，还是也跟来这里了？他有没有可能——是我看到的那个站在突岩上的男人？

诚然我只瞥到他一眼，可我发誓有几点可以肯定。我已见过这里的所有邻居，他绝不是这里的人。他的身影要比斯台普顿高大，也比富兰克林要瘦，他有可能是巴里摩尔，但是那时他正待在庄园，我确定他不可能跟着我们。所以还是有一个陌生人在跟踪我们，和在伦敦的时候一样，我们没能摆脱他。如果我能够亲手抓到他，那一切问题都能迎刃而解了。为了这个目的我必须全力以赴。

有一刻我冲动地想跟亨利爵士说出我的全盘计划。可转念一想，自己盘算，尽量少跟人提起才是最明智的做法。他现在一言不发，心神恍惚，已经被那沼泽地的声音弄得神经衰弱。我就不说什么来增添他的忧虑了，可是我一定会按照计划达到目的。

今天早餐过后发生了一段小插曲。巴里摩尔请求和亨利爵士说话，之后他们俩就在书房待了一会儿。我在台球室不止一次听到他们提高了嗓音，我很好奇他们到底在讨论什么。过了一段时间准男爵开门并把我叫了进去。

"巴里摩尔觉得他有点委屈。"他说，"他觉得在自愿说出秘密之后我们去追捕他的内弟很不公平。"

男管家脸色苍白，可依然镇定地站在我们前面。

"老爷，可能我刚刚说的话有点太过了，"他说，"如果惹您不高兴了，请您原谅。当我听到你们两位绅士凌晨才回来，知道你们是去抓塞尔登的时候我非常惊讶。那个可怜人已经够遭罪的了，我不想再害了他。"

"如果你是自愿告诉我们的话，就是另一回事了，"准男爵说，"可你不是，是你的妻子在迫不得已的情况下才说出实情的。"

"可我没想到您会利用这点，亨利爵士——我真的没想到。"

"那个人对公众是个危险。整个沼泽地寥寥分布着几间房子，而他又是一个残暴之徒。要是你能看一眼他长的样子就知道了。就拿斯台普顿一家来说，只有斯台普顿能防卫。除非你内弟重新被关进监狱，否则谁都不安全。"

"老爷，他不会闯进任何一间房子的，我向您发誓。他再也不会给这个国家的任何人惹麻烦了。亨利爵士，我向您保证。等过几天做好一些必要安排之后他就会逃去南美。看在上帝的份上，老爷，我求您别告诉警察他还在沼泽地。他们已经放弃搜捕了，他可以静静等到船备好。您要是举报他，我们夫妻俩也没法脱干系呀。求您了，老爷，别跟警察说。"

"华生，你认为呢？"

我耸了耸肩："要是他平安无事地离开英国倒也能减

轻纳税人的负担。"

"可他在离开前有没有可能会绑架人呢?"

"老爷,他不会做这么疯狂的事的。我们已经为他提供了一切他想要的东西。这时候犯罪就等于暴露他自己的行踪。"

"那也对。"亨利爵士说,"那么,巴里摩尔——"

"上帝保佑您,老爷。我打从心底里感激您!如果他再被抓的话我妻子会伤心欲绝的。"

"华生,我们应该是犯了知情不报的重罪了吧?可我听完这些话后也不忍心揭发他了,就这样吧。好了,巴里摩尔,你可以走了。"

管家结结巴巴地说了些感激的话就转身离开,可犹豫一阵他又折了回来。

"老爷,您对我们这么好,我应该尽我所能报答您。亨利爵士,我还知道一些事情,本该早点说才对,可我也是在聆讯后过了很久才发现的。我之前没跟任何人提起,这事跟可怜的查尔斯爵士的死有关。"

我和准男爵立马站起来。"你知道他是怎么死的?"

"不,老爷,我不知道。"

"那你知道什么?"

"我知道他为什么那个时候会在门那里。他是去见一个女人。"

"去见一个女人！他？"

"是的，老爷。"

"那女人的名字叫什么？"

"老爷，我也不知道她的名字，可我能给您她名字的首字母，是 L.L.。"

"巴里摩尔，你是怎么知道的？"

"亨利爵士，您伯父在那天早上收到一封信。他常常会收到一大堆信，因为他是个有头有脸又慷慨的人，所以很多有困难的人都会找他。但在那天早上，很凑巧只有一封信，所以我就多留意了。信上写的地址是库姆特雷西，出自女人之手。"

"还有呢？"

"老爷，之后我也没多想，如果不是我妻子我也不会想起来。就在几星期前她在清理爵士的书房——房间自打他过世之后就再也没被碰过——她发现在炉栅后面有一封已经被烧成灰的信。信的大部分已经化成碎片，不过还剩一小片纸，被烧成了黑色，上面的字迹已经烧得发灰，可还是能依稀辨认出来。那应该是信末的附言，上面写着：'求你了，求你了，如果你是一位绅士的话，请烧掉此信，十点在门那儿见。'下面有 L.L. 的签名。"

"那纸条你还留着么？"

"没有，老爷，我们一动它就碎了。"

"查尔斯爵士之前收到过跟这字迹相同的信吗?"

"老爷,我没仔细留意过他的信。如果不是凑巧的话,我是不会注意到这封信的。"

"那你知不知道 L.L. 是谁的名字?"

"不知道,老爷,我跟您一样不清楚。可我们觉得如果能找到这位女士的话,或许就能知道更多关于查尔斯爵士的死因了。"

"我不明白,巴里摩尔,你怎么能隐瞒这么重要的信息呢?"

"老爷,这事发生在我们自己的麻烦事之后。而且我们夫妻俩都非常喜欢查尔斯爵士,他为我们做了很多好事,就算把这事翻出来也帮不到我们可怜的主人,而且涉及女士的时候尤其要小心。就算是我们最好的——"

"你认为这可能会损害他的声誉?"

"老爷,我认为这准没好事。可您对我们这么好,要是我们不把这事告诉您我们会过意不去的。"

"非常好,巴里摩尔,你可以走了。"男管家离开了,亨利爵士转身问我,"好吧,华生,你怎么看这个新线索?"

"这让整件事变得更扑朔迷离了。"

"我也是这么想的。如果我们找出这个叫 L.L. 的女人,我们就有可能搞清楚整件事。我们已经知道很多了。有人知道事情的经过,我们只要把她找到就行了。你认为我们该怎么办？"

"马上告诉福尔摩斯。这是他一直苦苦寻找的线索，如果这都不能让他过来，那我就大错特错了。"

我马上回房向福尔摩斯汇报今早所发生的事情。我知道他现在很忙，因为从贝克街发回来的信笺寥寥无几，而且都很短，完全没评论我提供的线索，也没提及我的任务。他把全身心的注意力都放到那宗敲诈案里去了。可是这条新线索一定会让他提起兴趣。真希望他能来。

10月17日

一整天都大雨滂沱，雨水打得常青藤沙沙作响，再顺着屋檐流下来。我一直在想那个罪犯，他孑然一身待在那冰冷荒凉、毫无遮掩的沼泽地里。可怜的恶魔啊！无论他犯了什么罪，他现在也在受罚。我又想到了另一个人——那张在马车里的脸孔，那个月光下的身影，一个看不见的监视者，黑暗中的男人，他是否也置身于这场暴雨中呢？夜晚，我穿上防水服去已经积满水的沼泽地。一路上我进行着各种阴暗的想象。雨水打在我的脸上，风在我耳边呼啸。上帝啊，帮帮那些此刻在格林盆泥潭游荡的生灵吧，连高地都被淹成泥沼了。我找到那个监视者站过的黑色山岩，亲自站在这参差不齐的山峰上，俯瞰着下面阴森的景象。狂风暴雨洗刷着红褐色的大地，深蓝灰暗的乌云低矮地悬在沼泽地上方，又化作灰色的晕圈围绕着风景奇绝的山冈。远处，左边的洞穴半掩于迷雾之中，巴斯克维尔庄园的双塔从树间突出。那就是我所能看到的有人烟的地方了，外加山坡上密密麻麻的史前石屋。到处都没看到两天前在这里的那个人。

回程时我碰见莫蒂默医生，他骑着一辆轻便狗拉车，从遥远的弗米尔农庄方向过来。他非常关心我们，几乎每天都会来庄园打听事情的进展。他坚持要我坐上车并送我回家。我发现自从他的小史宾格犬不见后他就变得很焦虑。他的狗在沼泽地上游荡，之后就再也没回来了。我尽力安抚着他，可想到格林盆大泥潭那些野马的下场，就觉得他不会再见到他的狗了。

"对了，莫蒂默，"我们在路上颠簸前行。"这附近的人家你应该都认识吧？"

"我想，不认识的几乎没有。"

"那你能不能告诉我，这里有没有女人的名字缩写是L.L？"

他想了几分钟。

"没有。"他说，"有些吉卜赛人和干体力活的我就不清楚了，但农民和绅士中没有人的名字缩写是这个。等一下，"他顿了一顿。"有一个叫劳拉·莱昂斯的——她的名字缩写就是 L.L——可她住在库姆特雷西。"

"她是谁？"我问。

"富兰克林家的女儿啊。"

"什么！怪老头富兰克林吗？"

"就是他。她嫁给一个姓莱昂斯的画家，他是过来沼泽地写生的。那个流氓后来抛弃了她。我听说事情会闹成这样也不全是男人的过错。之后她父亲拒绝帮她，认为她没经过自己同意就结婚——可能还有一两个别的原因。所以这老罪人和他女儿曾经有一段时间闹得很不愉快。"

"那她怎么维持生计？"

"我猜老富兰克林应该给过她一点钱，但一定不多，因为他自己也是泥菩萨过江。就算她应该受到惩罚，我们这些旁人也不能眼睁睁看着她堕落啊。她的故事一传开，就有几个人帮她自食其力。斯台普顿还有查尔斯爵士都帮过忙，我自己也略尽绵力，我们帮她找了一份打字的活儿。"

他想知道我问这个的目的，我在满足他的好奇心之余没有透露多少，现在谁也不能相信。明天早上我就会去库姆特雷西，如果能见到这位声名不太好的劳拉·莱昂斯小姐，那么这桩连环神秘事件就能搞清楚其中一环了。莫蒂默医生一直穷追不舍，我便装作随意地问他富兰克林的头盖骨属于哪一种，接下来的路程我们就只讨论颅骨学。我真是变得越来越狡猾了。这些年跟福尔摩斯在一起的日子可不是白过的。

在这个风雨大作的阴沉日子，我还有一件事要记下来。

我刚刚跟巴里摩尔谈过话,这次谈话给了我一张假以时日一定能用得上的王牌。

莫蒂默也留下来用餐,之后他和准男爵去玩纸牌。管家把咖啡端来藏书室,我正好借此机会问他几个问题。

"哎,"我说,"你们那宝贝弟弟是走了呢,还是依旧藏在沼泽地?"

"我不知道,先生。如果他走了的话那可真是谢天谢地。他只会给这里带来麻烦!自从上次我拿食物给他之后就再也没有他的消息,已经过了三天了。"

"之后都没见过他吗?"

"没有,先生,不过我再去的时候食物已经不见了。"

"所以他一定在那儿咯?"

"先生,您自然会这么想,除非有其他人把食物拿走。"

我正把咖啡端到嘴边,这时我停下来,看着巴里摩尔。

"那你是知道还有其他人待在那儿?"

"是的,先生,沼泽地上还有其他人。"

"那你见过他吗?"

"没有,先生。"

"那你怎么知道呢?"

"塞尔登在一个星期或之前跟我说的。那个人也躲在那儿,可我觉得他不是逃犯。华生医生,我不喜欢这样——先生,老实跟您说吧,我不喜欢这样。"他说着激动起来。

"听我说,巴里摩尔!我对这事半点兴趣也没有,我只是想帮你主人,没其他目的。坦白跟我说,你到底不喜欢什么?"

巴里摩尔犹豫了一会儿,也许是为自己的一时冲动感到很懊恼,或者说很难找到语言来表达他的感受。

"先生,就是这里发生的事情!"最后他喊了出来,手朝面对着沼泽地的窗户一挥。大雨正打在窗上。"有人在暗中耍着阴谋诡计,有些罪恶正在酝酿,我敢发誓!先生,如果亨利爵士能回伦敦,那我会很高兴的!"

"可是是什么原因让你这么想的?"

"看看查尔斯爵士的死吧!那已经够糟的了,验尸的结果就是这样。听听晚上沼泽地传来的声音。就算有人给钱,也没人敢在日落之后穿过沼泽地。再看看那个躲在沼泽地里的陌生人,暗中监视、伺机等待!他在等什么?这究竟意味着什么?反正对姓巴斯克维尔的人准没好处,我很高兴只要等亨利爵士的新仆人一到,我就能离开这里。"

"可是,那个陌生人,"我说,"你能告诉我关于他的事情吗?塞尔登说了什么?他知道他躲在哪里吗?他知不知道他在干吗?"

"塞尔登见过他一两次,可他是个很神秘的家伙,什么都不肯说。最初塞尔登以为他是警察,可很快就发现那个人另有所图。塞尔登说他是一个绅士,可他也不知道那个人在干吗。"

"那塞尔登说他住在哪？"

"山上的老房子里——就是那些古人住过的石屋。"

"那他吃什么？"

"塞尔登发现他雇了个小伙给他送东西。我敢说他一定是在库姆特雷西那儿弄到东西的。"

"非常好，巴里摩尔。我们改天再进一步详谈吧。"男管家离开后，我走到黑色的窗前，透过模糊的玻璃窗，盯着外面涌动的层云和被风刮得横七竖八的树丛轮廓。这种天气就算待在室内都让人觉得是个恶劣的夜晚，更别提在沼泽地的石屋里了。到底是多大的仇恨才会让一个人在这种时候还躲在那样的地方！他到底有着什么不为人知的重要秘密才会经受这样的磨难啊！沼泽地上的石屋应该就是让我苦恼多时的问题核心。我暗下决心，明天就要像那个男人一样坚忍不拔，誓要找出真相。

## 第十一章

## 山岩上的男人

上一章的日记摘录的是 10 月 18 日前发生的事情。从那时起，事情发展迅速，最终酿成了可怕的结局。接下来几天里所发生的事在我脑海里留下不可磨灭的印象，就算没有那时做的笔记我也能清楚地叙述。我就从发现两条重要线索后的第二天说起吧。前一天我了解到给查尔斯爵士写信的是一个叫劳拉·莱昂斯的女人，她住在库姆特雷西，且恰好在爵士死亡的时间和地点约了和爵士见面。另一条线索是关于那个潜伏在沼泽地里的男人，他就藏在山上的石屋里。有了这两条线索，我觉得如果这还不能为整件事找到突破口的话，那我肯定就是有问题了——不是智力低下就是缺乏勇气。

昨晚我一直没机会跟准男爵说我已经知道了这位莱昂斯女士，因为莫蒂默医生跟他打牌打到很晚。我在吃早餐的时候跟他说了，并问他想不想陪我去库姆特雷西。起先他很想和我一起去,可转念一想,我单独去应该会比两个人一起去好。我们的拜访越正式,能拿到的信息就越少。因此亨利爵士决定留在家里,我则带着一丝歉疚出发寻找新线索。

到了库姆特雷西后我叫铂金斯把马拴好,便独自去找那位女士。我毫不费劲就找到了她,她的房子位置居中,设备齐全。唯一的女佣没向我行礼就把我领了进去。我走进起居室,看到一位女士正坐在一台雷明顿打字机前,她站了起来,露出笑容以示欢迎。可当她见到我是个陌生人时,便脸色一沉,又坐下去问我此行的目的。

我第一眼看到莱昂斯夫人就惊为天人。她的头发和眼睛都是色泽丰富的淡褐色,虽然脸颊有许多雀斑,但红润的气色在深色皮肤上绽开,像极了黄玫瑰花心那抹娇艳的粉红。我得重复,这赞扬是我的第一印象,接着就开始挑毛病了。她的脸有一些微妙的缺陷,表情有些粗鄙,眼神可能有点冷酷,嘴角有些松弛,破坏了完美的唇型。当然了,这些都是事后的思考。那时我只意识到自己正站在一位美人面前,而她在询问我来拜访的目的,我这才发现自己必须得小心行事。

"我很荣幸能认识您的父亲。"我说。那位女士让我感到我的开场白很笨拙。

"我跟我父亲毫无瓜葛,"她说,"我不欠他什么,他的朋友也不是我的朋友。要不是已过世的查尔斯爵士还有其他好心人帮忙,我早就在挨饿了,他根本没关心过我。"

"我来见你的目的就是跟查尔斯·巴斯克维尔爵士有关。"

那位女士的脸唰地变白,雀斑更明显了。

"你想知道些什么?"她问,手指紧张地敲着打字机。

"你认识他,是吗?"

"我已经说过我欠他一个很大的人情。我能够自力更生也是因为在我处境困难时他给予了帮助。"

"那你跟他通过信吗?"

那位女士一下子抬起头,淡褐色的眼睛生气地盯着我。

"你问这些是有什么目的?!"她尖锐地问道。

"目的是要避免一宗丑闻公开。我在这里问总比在事情传出去后变得不受控制要好。"

她一言不发,脸色依旧很苍白。最后她满不在乎地看着我,语气充满挑衅。

"说就说。"她回答,"你的问题是什么?"

"你是否曾经与查尔斯爵士通信?"

"我当然写过一两次信给他啊,感谢他的体贴和慷慨。"

"还记得是什么时候写的吗?"

"不记得。"

"你有没有跟他见过面?"

"有啊,他来库姆特雷西的时候见过一两次。他是一个很低调的人,行善也一样低调。"

"但是,如果你跟他只有数面之缘,也很少给他写信,那他是怎么了解到关于你的事情并帮助你的呢?"

她对我的难题对答如流。

"有几个绅士知道我可怜的身世,他们一起来帮我。其中一个是斯台普顿先生,他是查尔斯爵士的亲密朋友。他人非常好,查尔斯爵士是通过他知道我的事的。"

我早就知道查尔斯·巴斯克维尔爵士有几次委派斯台普顿当他的施赈人,所以她的话更加证明了这个事实。

"你有没有写信给查尔斯爵士并要求会面?"我继续追问。

莱昂斯女士的脸又气得发红。

"先生,说真的,这个问题太过分了。"

"抱歉,夫人,可我一定得问清楚。"

"那我的回答是,当然没有。"

"没在查尔斯爵士死的那天给他写过信?"

她通红的脸转瞬变成死灰色。与其说听到,倒不如说我看到,她干涩的嘴唇已经没法说出"不"字。

"肯定是你记错了,"我说,"我甚至还能背出你信里的一段呢。'求你了,求你了,如果你是一位绅士的话,请烧掉此信,十点在门那儿见。'"

我还以为她昏过去了,可她仍在拼命支撑着。

"这世上绅士灭绝了吗?!"她倒抽一口气说道。

"这话对查尔斯爵士不公平。他的确是烧了那封信,可是有时候信烧过之后还是能读的。那你现在承认你写过这封信了?"

"是,我的确是写过那封信,"她滔滔不绝地说了起来,"我是写了,我干嘛要否认?我没有理由要感到羞耻。我当时希望他能帮我。我当时认为如果能见上一面就能得到他的帮助,所以我才约他见面。"

"为什么要挑在那个时间?"

"因为我恰好知道他第二天就会去伦敦,而且要几个月后才回来。出于一些原因我又不能早一点去找他。"

"为什么约会地点定在花园里而不是在庄园?"

"一个女人在大晚上独自去一个单身汉的房子,你会怎么想?"

"那你到那里后发生了什么?"

"我没有去。"

"莱昂斯夫人!"

"是真的,我对天发誓我真的没有去。有些事情阻止了我赴约。"

"是什么事?"

"这是我的私事,我不会讲。"

"你都已经承认了你跟查尔斯爵士约在他死去的那个时间、地点见面,现在却否认你去过。"

"这是真的。"

我一次又一次地反复质问她,可她怎么都不肯说。

"莱昂斯夫人,"我从这场冗长又毫无结果的谈话中抽身,说道,"你现在背上了很大的嫌疑。如果你不坦白说出所有你知道的事,你会犯下一个天大的错误。等到我不得不去告诉警察,你就会知道自己的处境有多糟了。如果你是无辜的,那你刚开始为什么要否认那天给查尔斯爵士寄过信呢?"

"因为我怕会引起误会,我也不想卷入丑闻中。"

"那你为什么强烈要求查尔斯爵士销毁这封信?"

"如果你读过信你就会明白。"

"我没说我读过整封信啊。"

"你都说出信的内容了。"

"我只看过附言。如我所言,那封信已经被烧了,所以不是每一处都能读。我再问一次,你为什么要求查尔斯爵士烧掉这封信,而这封信正好是他死的那天收到的。"

"这事是隐私。"

"所以你更应该说出来免得被公开调查。"

"那我就告诉你吧。如果你听过我的不幸历史,你会知道我有一段鲁莽的婚姻,而我非常后悔。"

"我听过许多。"

"我痛恨我的丈夫,他一直在迫害我的人生。法律却站在他那边,每天我都有可能被迫跟他一起住。那时我写信给查尔斯爵士,因为之前我知道如果能花些钱我就有可能重获自由。这对我而言意义重大——心灵的平静、我的幸福、自尊——一切的一切。我知道查尔斯爵士为人慷慨大方,我想他如果能亲自听我说明就会帮我。"

"那你后来怎么没去呢?"

"因为我从另一个来源得到了帮助。"

"那你为什么不写信给查尔斯爵士跟他解释清楚?"

"我本来打算这么做,如果不是第二天一早在报纸上看到他逝世的消息。"

这女人的故事倒是自圆其说,也的确解释了我所有问题。我只能查证悲剧发生时她是不是正好在办理离婚手续。

如果她真的去了巴斯克维尔庄园,那她应该也不敢撒谎,因为她得乘马车去,而且凌晨才能回到库姆特雷西,这样的远行不可能不被人察觉。因此,她有可能在说真话,或者说部分的真话。我便带着疑惑和沮丧离开。我又一次走到那道堵死的墙前,这道墙总是挡住我追踪目标。可当我越回想那位女士的表情和态度时,就越觉得她在隐瞒一些事。她的脸色为什么会变得那么苍白?为什么她拒不承认,直到我逼迫她回答?为什么她对悲剧发生时的事情如此守口如瓶?真相绝不像她所说的那样清白。但是在那个时候,这个方向已经查不到什么了,我只好回到另一条线索,去追查沼泽地石屋之谜。

我在回程中看到层层山冈上尽是古人类的遗迹,便意识到这条线索实在是很模糊。巴里摩尔只说有人住在这些荒废石屋中的一间,而整个沼泽地纵深或纵横分布着成百上千间石屋。虽然如此,可那个男人当时站在黑岩上,所以那儿就是搜索重点。我要从那里搜起,把每间石屋都查探一番,直到找出他住的石屋。如果找到了,我就在那儿等,不管等多久都要等到那个男人。之前福尔摩斯在伦敦把他跟丢了,如果我能抓住他,那我真是赢了师父了。

在这次侦探调查中我们总是缺点运气，可现在它终于来助我一臂之力了。送来好运的正是富兰克林先生，气色红润的他留着一脸灰色络腮胡，正站在他的花园门口，我刚好经过他门前的大路。

"你好啊，华生医生，"他话里带着一种不常见的幽默感，"你得让你的马休息休息，进来喝杯酒顺便恭喜我吧。"

当听说他是怎么对待他女儿之后，我实在对他不抱好感，可我急着把铂金斯打发回去，这可是个好机会。我便下了马车，让铂金斯捎个信给亨利爵士说我会走回去吃晚餐，之后就跟富兰克林走进饭厅。

"先生，今天对我来说可是个大日子——我人生中的大喜日子啊。"他一边咯咯地笑一边喊道，"今天真是双喜临门啊。我就是想教训一下这里的人，告诉他们法律就是法律。我已经争取到了老米德尔顿的花园中间一条公共道路的权利，就离他家门口100码不到。你认为干得如何？我们就得教训教训这些有钱人，让他们知道不能骑在普通人头上横行霸道！见鬼去吧！芬沃西的人老在树林里野餐，我就把它给封了。这群该死的人不知道什么叫财产权，想进就进，还到处丢瓶子纸屑。华生医生，两单官司都结案了，我都赢了。自打上次控告约翰·墨兰爵士在他自己的猎苑狩猎后，我的运气还没这么好过呢。"

"你究竟是怎么做的？"

"先生，去翻翻卷宗吧，值得一读——富兰克林对墨兰，女王法庭。虽然花了两百英镑，可我赢了。"

"这对你有什么好处吗?"

"没有,先生,一点儿也没有。我可以很自豪地说我打官司从没为自己谋求过一分一毫。我会这么做完全是出于一种公民义务。比如说,我知道芬沃西的人今晚一定会烧我的肖像画,我上次就跟警察说过他们应该阻止这么丢脸的行为。这县警察局真是吃软饭的,先生,他们居然不保护我的正当权益。富兰克林对女王一案肯定会引起公众注意。我早跟他们讲过,他们会后悔这么对待我,我的话成真了吧。"

"你是怎么做到的?"我问。

这老头摆出一副洞悉一切的表情。

"因为我能告诉他们一件他们拼了命都想知道的事情,但是我不会帮这群流氓的。"

我一直找借口希望能从这老头的闲话中脱身,可现在我开始想听更多。我知道这老罪人喜欢跟人对着干,如果我表现出兴趣的话他肯定会闭口不谈。

"是和偷猎案有关的吧?"我轻描淡写地说道。

"哈,哈,小伙子,可比那重要得多呢!是关于沼泽地上的逃犯。"

我一惊:"你该不会知道他藏在哪儿吧?"

"我不知道他的确切位置,可我确定能帮警察抓到他,你就没从他怎么拿到食物这点去想吗?"

他确实快要接近真相了,真令人不安。

"当然了。"我说,"可你怎么知道他就在沼泽地呢?"

"因为我亲眼看到是谁给他送食物的。"

我的心一沉,想到巴里摩尔。这事如果被这个好管闲事的毒老头发现的话一定会变得很严重。但是他的下一句话让我如释重负。

"是一个小孩给他送的食物,很意外吧?我每天都能在望远镜上看到他。他每天都在同一时刻走同一条路,如果不是去给那逃犯送饭,还会有谁?"

太幸运了!我竭力表现出不感兴趣的样子。一个孩子!巴里摩尔曾经说过是一个男孩给那个陌生人送东西的。富兰克林发现的是他的行踪,而不是那个逃犯。如果我能从他身上套出话,就能省去耗时耗力的搜寻了。表现得很怀疑而且漠不关心的样子就是我手中的王牌。

"这也可能是沼地上羊倌的儿子给他爸爸送晚饭啊。"

这老独裁者容不得一丝怀疑,他马上恶狠狠地瞪我,灰胡子都竖起来了,活像一只生气的猫。

"先生,你真是的!"他指着外面广阔的沼泽地说道,"看到远处那块黑岩了没?好,有没有看见低一点的山,长满荆棘丛的那座?那是整个沼泽地石头最多的地方,羊倌有可能在那儿驻扎吗?先生,你的想法简直太荒谬了。"

我毕恭毕敬地回答说我没了解清楚就乱说。我的顺服让他很高兴,他便滔滔不绝地说了起来。

"先生,你得知道,我说话可都是有理有据的。我一次又一次地看到那孩子带着个包。每天——有时候是隔两天,我都能——等一下,华生医生,我是不是看错了,现在是不是有东西正在爬上山?"

山在几英里之远,可我能清楚地看到在暗绿色和灰色的山岩间有一个小黑点。

"快来!先生,快点来!"富兰克林一边喊,一边跑上楼梯,"就让你亲眼瞧瞧自己做判断吧!"

房子的铅皮平顶上摆着一副三脚架,上面架着一台慑人的望远镜。富兰克林把眼睛凑上去,发出一声满意的喊叫。

"快,华生医生,快看!趁他还没翻过山。"

的确,有个小顽童背着书包正费力地爬上山。等他爬到山顶时我看到苍穹之下突然有一个衣衫褴褛且外形粗鄙的人。他鬼鬼祟祟地盯着四周,生怕被跟踪似的,接着就消失不见了。

"看吧,我是对的吧?"

"的确,那男孩似乎是在为他跑腿。"

"替他跑什么差事就连乡下警察也能猜出来。可我对他们一个字都不会说,华生医生,你也要保密啊。一字不漏!听到了吗?"

"如您所愿。"

"他们竟敢让我这么丢人——太丢人了!等富兰克林对女王一案的结果出来,估计整个国家都会震怒。说什么我都不会帮警察的,那些流氓把我的肖像绑在柱子上烧他们都不管,除非是我本人被绑在柱子上。你千万别走啊!干了这瓶酒,庆祝这伟大的胜利!"

我竭力拒绝他的劝说,并成功打消他想跟我一起走回家的念头。我一直走到他看不见我的地方,便穿过沼泽地往那男孩消失的石山赶。现在万事俱备,我发誓绝不会因缺少力气或毅力而白白浪费这天大的好机会。

爬上山时太阳已经落下,脚下的山坡一面被映成了金绿色,另一面蒙上了灰色的阴影。远处的天际线下有一层薄雾,把贝立夫山和维森山的形状勾勒出来。茫茫荒原上没有人活动的踪迹。一只大灰鸟——可能是鸥鸟或是鹬鸟,在蔚蓝色的天空翱翔。我和它仿佛是这苍穹与茫茫广漠间唯一的生物。贫瘠的荒原,怆然独立的感觉,还有我肩负着的神秘而紧急的任务,这一切都让我胆寒心惊。现在已经看不到那个小男孩了。可在脚下的山缝里我看到有许多石屋,其中一间有屋顶,天气变化时可作遮掩。看到它时我不禁心跳加速——那个人一定藏在那里。我的脚已经踏向了他藏身之处的门槛——我终于能抓住他的秘密了。

我小心翼翼地走近石屋,就像斯台普顿拿着网靠近停着的蝴蝶那样。我满意地发现这地方真的有人住。岩石中有一条很隐蔽的路通往残破的缺口,那就是门口。里面很安静。那个人有可能就藏在那里,或者正在沼地上徘徊。这样刺激的冒险让我很兴奋。我把烟丢到一边,握紧枪柄快步走到门那儿。我探头进去,只见屋里空空如也。

可是那里的种种迹象表明我并没有错,那个人绝对住在这里。几张毯子用防水布裹着放在原始人睡觉的石板上。简陋的炉排里堆着灰,旁边放着一些炊具和半桶清水。一堆空罐头表明他已经在这里住了一段时间。等我的眼睛适应了屋内稀少的亮光后,我看到角落里放着一个小酒杯和半瓶酒。石屋中间一块平整的石板被当作桌子,桌上摆着个布包——就是在望远镜里看到的小男孩背的那个包。里面有一根面包,罐装牛舌,还有两个桃子罐头。检查完后我把布包放下来。这时我看到布包下压着一张纸,上面还有字迹,我心一惊。拿起纸,上面用铅笔潦草地写着:

"华生医生去了库姆特雷西。"

我拿着这张纸足足站了一分钟,思考着这张便笺的含义。这么说的话,我才是这个神秘人的跟踪目标,而不是亨利爵士。他没有亲自去,而是派了一个人——可能是那个男孩——跟踪我,而这张便笺就是给他的汇报。可能自打进入这沼泽地之后我的一举一动都被人观察着。我总觉得我们周围有看不见的力量正不动声色地包围着我们,像一张大网在逐步收紧,直到紧要关头,才发现自己已经身陷其中。

如果有一份报告,那就表明还有其他报告。于是我把这石屋搜索了一遍。但我找不到,我也没法知道住在这个鬼地方的人的性格或是意图。除了知道他像斯巴达人一样不追求舒适的生活,我对他真的一无所知。看着这敞口屋顶,想到之前的那场大雨,我肯定他一定是怀着无比坚定的信念才能在这种环境下生活。他到底是邪恶的敌人,还是我们的守护天使?我发誓在事情水落石出之前我绝不离开这里。

太阳快下山了,西边的天空被染上了猩红色和金色,远处格林盆大泥潭的几处水洼变成火红色。我看到了巴斯克维尔庄园的塔尖,还有格林盆村升起的轻烟。斯台普顿家就在庄园和村庄中间。在这样一个遍洒金光的傍晚,一切都如此祥和、平静而温馨。我的心却因为未知的一切在发抖,为那越来越近的会面而害怕。虽然我很慌,可我心意已决,我藏身在黑暗的石屋的一角,耐心地等待着那个陌生人。

我终于听到他的动静了。远处传来靴子踩在石头上的啪嗒声,一声,又一声,声音越来越近了。我蜷缩在最暗的角落里,手伸进口袋扣上扳机,决定要等他出现我才现身。长久地停顿之后,他停了下来。接着脚步声再一次靠近,石屋门口出现一道身影。

"真是个可爱的夜晚,我亲爱的华生。"一阵熟悉的声音传来,"出来看看吧,肯定要比待在里面舒服呢。

## 第十二章

## 沼泽地上的惨案

有那么一会儿,我坐在那儿屏气凝神,简直不敢相信自己听到的声音。然后我恢复了感觉,也能够说话了,一份沉甸甸的责任感仿佛瞬间从我灵魂中被抽了出来。那冰冷机智、充满嘲讽的声音,在这个世界上只属于一个人。

"福尔摩斯!"我喊道,"——福尔摩斯!"

"出来吧。"他说,"把你的枪放好。"

我弯腰从门梁下走出去,他就坐在外面的一块石头上。看到我一脸震惊的表情,他灰色的眼睛中露出高兴的神色。他看上去瘦了,而且很憔悴,但依然清醒警惕。在风吹日晒之下他的脸已变成古铜色,看上去粗糙不少。他戴着布帽,穿着粗花呢衣服,看上去跟沼泽地的游客无异。可他素来像猫一样爱干净,没有胡子拉碴,衣裤也很干净，跟在贝克街的时候一模一样。

"我从没有因为见到一个人而这么开心。"我紧紧握住他的手说道。

"还很惊讶呢，是吧？"

"这点我必须承认——是的。"

"跟你说，我也很惊讶。没想到你会找到我这临时住所呢，我更没想到你就在里面，直到我离门口二十步开外的地方。"

"我猜是我的脚印暴露了？"

"不，华生，恐怕这满世界的脚印里我没法认出你的脚印呢。如果真想骗过我，你应该换种香烟牌子。当我看到烟蒂上印着牛津街巴德雷标志时，我就知道我的朋友就在附近。你看，就在路边。毫无疑问，你是准备要进去了才把烟丢掉的。"

"完全如此。"

"我还想到，以你那令人赞赏的坚韧精神，你一定会拿着武器暗中埋伏等着这里的人回来。所以你真的以为我就是那个犯人吗？"

"当时我不知道你是谁，可我下定决心要弄明白。"

"太出色了，华生！不过你是怎么找到我的？追捕逃犯的那个晚上你可能看到我了吧？我当时太不谨慎，竟被月光照到了。"

"是的，那时我就看到你了。"

"接着就找遍全部石屋，直到找到这儿？"

"不，是有人看到那个替你送东西的小男孩，所以我才发现了要上哪儿找你的线索。"

"肯定是那个用望远镜观察的老头。我第一次看到发光的镜片时,还搞不清是怎么一回事呢。"他起身探头窥视石屋,"哈,卡特怀特给我带了些东西。这纸上写了什么?哦,你已经去过库姆特雷西了?"

"是的。"

"去见劳拉·莱昂斯吗?"

"完全正确。"

"干得漂亮!我们的调查方向一致,我们把彼此找到的东西整合一下,肯定能比较全面地了解这件案子。"

"你能在这里,我真是打心眼里高兴。现在疑团越来越多,责任也变得更加重大,我开始有点吃不消了。可奇迹出现了!你来了!你在这里做了什么?我还以为你一直在贝克街忙那宗勒索案呢。"

"我就是希望你会这么想。"

"那你是在利用我了!你不相信我!"我痛苦地喊道,"福尔摩斯,我认为你应该对我公平些。"

"我亲爱的朋友,无论是在这件案子,还是在其他林林总总的案子里,你对我都很重要。如果你觉得我在戏弄你,那我请求你的原谅。老实说,我这么做有部分原因是为你好——我觉得你会面临危险,于是决定来这里亲自查案。如果我跟你还有亨利爵士在一起,我能看到的就会变得跟你们一样,我们强劲的对手也有可能会因为我的出现而有所收敛。如果我住在庄园里,那我就不能像现在这样在周围走动了。现在,我在整个调查过程中不动声色,在关键时候就能全力以赴了。"

"可你为什么不告诉我?"

"因为就算你知道了也对我们没帮助,而且还可能会暴露我的行踪。你可能会想告诉我一些事,或者出于好心想把我带到舒适点的地方,这样的话就会增加不必要的风险。我雇了卡特怀特——你还记得邮局那个小男孩吧?——来照顾我的日常需要:一根面包棍还有一副干净的衣领。这还不够吗?他给了我一双敏锐的眼睛和一双勤快的双脚,对我简直太有用了。"

"那我的报告都白写了!"一想到在写这些报告时投入的心血和当时的自豪感,我就气得连声音都在发抖。

福尔摩斯从口袋里掏出一卷纸。

"我亲爱的朋友,你的报告在这儿呢。你写得真好,非常值得称赞。我已经做好充分的安排,它们在路上只耽搁了一天。我十分欣赏你在这件如此难办的案子中表现出的热情和智慧。"

我对他的欺骗行为依然觉得很气愤,可他由衷的表扬缓和了我不少怒气。我也打从心里认同他说的话,我不知道的话的确对调查有利。

"消气了吧?"看到我脸色缓和了,他说,"现在,告诉我你在劳拉·莱昂斯那儿查到的东西——我已经知道她就是住在库姆特雷西的那个可能会帮上忙的人,所以我知道你去见过她。事实上,就算你今天没去,我也打算明天去。"

太阳已经下山,沼泽地开始变得阴暗,外面越来越冷,我们便进去石屋取暖。在一片暮色之中,我开始给福尔摩斯描绘今天跟那位女士的谈话内容。他听得兴致勃勃,有时我不得不重复一遍他才满意。

"这是最重要的一环,"我说完后他讲道,"在这件如此错综复杂的案子里,它把我想不通的环节都串起来了。你察觉到了没有?这个女人和叫斯台普顿的人之间有亲密关系。"

"我没察觉到。"

"他们两个绝对有一腿。他们会面、通信,彼此还十分了解。现在,我们手里有一件重型武器了,如果我能利用这点去离间他妻子——"

"他的妻子?"

"现在就让我告诉你一些事作为回报吧。那位斯台普顿小姐其实是他的妻子。"

"老天啊,福尔摩斯!你确定吗?他怎么可能忍受亨利爵士爱上他的妻子?"

"亨利爵士如果爱上她,除了他自己外对所有人都没坏处。正如你注意到的,他一直在设法阻止亨利爵士向她求爱。我再说一遍,那位小姐是他妻子而不是他妹妹。"

"可他们为什么要精心策划这起诈骗呢?"

"因为他知道如果他妻子能伪装成自由之身会对他很有利。"

我的所有难以名状的直觉和隐隐约约的猜想,在此刻突然成形,并锁定在这位博物学家身上。这个带着草帽拿着捕虫网的男人,表面枯燥无味,喜怒不形于色,现在我看到他恐怖的真面目了——隐而不发,狡黠阴险;表面笑脸迎人,内心凶狠歹毒。

"那他就是我们的敌人——就是他在伦敦跟踪我们吗?"

"我就是这样破解了这个谜。"

"那么那封警告信——就是她寄的!"

"完全正确。"

这束缚我如此之久的滔天罪恶一直半隐半现,现在,它终于在黑暗中耸然现身。

"可是福尔摩斯,你确定吗?你是怎么知道她是他妻子的?"

"因为他在第一次见你的时候说漏了嘴,把自己的一点真实身份暴露了,我敢说之后他一定时常后悔。他说自己曾经是北英格兰一间学校的校长。现在要找一名校长可是最容易不过的事了。有些学术机构可以查到在这行业工作过的任何人。我一查就查到有间学校因为遇到困难而倒闭,校长和他妻子潜逃了,虽然名字不同,但是特征描述对得上。当我知道那个失踪的校长也是酷爱昆虫学时,我就确定了他的身份。"

黑暗渐渐褪去,可还有许多事情仍笼罩在阴影里。

"如果这个女人真的是他妻子,那劳拉·莱昂斯女士在其中又起什么作用呢?"我问。

"这还是靠你的侦查才搞明白的呢。你跟那位女士的对话把情况都搞清楚了。我并不知道她和她丈夫正离婚。想到斯台普顿是一名单身汉,那她肯定指望自己能成为他的妻子。"

"如果她发觉自己被骗了会怎样?"

"会怎样?我们就多了一个帮手啊。我们的第一要务就是去见她——明天就去。华生,你不认为自己出来太久了吗?你现在应该在巴斯克维尔庄园才对啊。"

西边的最后一抹晚霞已经褪去,夜色笼罩着沼泽地。紫罗兰色的天空上几颗星星依稀闪烁。

"最后一个问题,福尔摩斯,"我边站起来边问道,"我和你之间肯定不需要秘密。这一切到底有什么意义?他究竟有何目的?"

福尔摩斯话音一沉。

"是谋杀,华生——这是一起精心策划的、冷血的蓄意杀人案。先别问这么仔细了,我已经对他张开大网,就像他对亨利爵士一样。有你相助,他已经快落到我的手里了。现在威胁我们的只有一点,那就是在我们准备好之前他会提前出手。明天——最多两天——我就要把这案子结了,在那之前请你密切守护亨利爵士,就像慈母守护着她的病儿。你今天的任务完成得很好,可我还是希望你不要离开他。听!"

一声可怕的尖叫——惊骇痛苦的长吼在寂静的沼泽地爆发。这可怕的叫声把我血管里的血都冻成冰了。

"我的天啊!"我倒吸一口气,"那是什么声音?到底意味着什么?"

福尔摩斯跳了起来,他黑暗健硕的身影立在石屋门口,只见他弯着腰,探出头窥探门外,外面黑漆漆一片。

"安静点!"他低语,"安静点!"

由于是狂吠,声音非常大,可这声音是从远处阴暗的沼泽地传来的。而现在,那声音却越来越近,越来越大,就在我们耳边轰鸣,比之前喊得更急。

"在哪里?"福尔摩斯呢喃道。他话带颤音,我知道这个有着钢铁意志的男人心底里也怕了。"华生,它在哪里?"

"那里吧,我觉得。"我指着外面。

"不!是那里!"

悲嗥声再一次划过夜空,而且声音比之前更大更近了。这中间夹杂了新的声音,是一种低沉的咕哝声,带有乐感却充满威胁性,起起伏伏如海浪声一般。

"是那只猎犬!"福尔摩斯喊道,"出来!华生,快!上帝保佑,我们可别晚了!"

他疾跑起来,穿过沼泽地,我紧随其后。这时,就在这片支离破碎的大地上突然升起最后一声绝望的惨叫,之后是沉闷的砰的一声。我们停下来听着,可在这无风的夜晚再没其他声音打破这沉重的寂静。

我看见福尔摩斯把手放在额头。他十分焦急,在地上跺着脚。

"我们被打败了,华生。我们太迟了。"

"不,不,当然不是!"

"我太蠢了,竟然袖手旁观。而你——看看你擅离职守的结果!可是,老天啊,如果最坏的结果出现了,我们也要报复他!"

我们在黑暗中瞎跑,不停碰到石头;我们在金雀花丛中强行开路,气喘吁吁地爬上山,又冲下山坡,一直朝着发出这可怕的声音的方向跑。福尔摩斯在每个山头都心急如焚地四处察看,可沼泽地阴影太重了,沉寂的大地根本看不到一丝踪影。

"你有没有看到什么?"

"没有。"

"听,这是什么声音?"

我们听到一声低低的呻吟。又有了,在左边!那里是一处嶙峋陡峭的悬崖,下面是满布石头的山坡。有个奇怪的黑色物体像鹰展双翅一般摊在地上。我们跑过去,这东西渐渐清晰起来,一个人面朝下躺着,头十分可怕地埋于胸前呈折叠状,他弓着背,身体蜷曲,就像在翻筋斗。他的姿势如此奇怪,一时间我还没意识到那声呻吟是他在临死前发出的声音。我们面前的这具身体再没有发出一丝声响。福尔摩斯把手放到他身上惊恐地叫起来,又把手缩回来。他划上根火柴,我看到他的手指沾满血,受害者碎裂的头骨渗出大摊鲜血。这一照更把我们惊得悲痛不已——他是亨利·巴斯克维尔爵士!

我们俩都忘不掉他穿的红色花呢上衣,那正是他第一天到贝克街时穿的衣服。我们只瞥了一眼,火光摇曳一下就灭了,一如我们心底的希望。福尔摩斯痛苦地呻吟,在黑暗中也能看见他惨白的脸色。

"畜生!畜生!"我握紧拳头喊道,"噢,福尔摩斯,我永远都不会原谅自己,我竟然离开了他。"

"我应该负更大责任,华生。为了圆满解决案件,我抛弃了客户的生命。这是我职业生涯中最大的打击,可我怎么能料到——我怎么料到——他竟不听我的百般劝阻,冒着生命危险一个人到沼泽地呢?"

"那我们刚才听到的就是他的喊叫声——上帝啊,那惨叫!——却救不了他!这害死他的猎犬在哪里?它这会儿可能还藏在这些岩石里。还有斯台普顿,他在哪里?他要赎罪!"

"他会的,我会亲眼见证的。伯父和侄子都遭到毒手——一个自以为看到猎犬的魂魄被活活吓死,另外一个拼命逃跑却摔死了。我们现在必须证明那人和猎犬有关系。可除了我们听到的声音,我们甚至不能证明后者的存在,因为亨利爵士已经死了,我们死无对证。但是,老天啊,无论他再怎么狡猾,我明天就要把他绳之以法!"

我们痛苦地站在这具惨不忍睹的尸体旁边,无法接受这突如其来的、不可挽回的悲剧。我们苦苦追寻真相,可现在所有功夫都付诸流水。月亮出来了,我们爬上山顶查看我们的朋友掉下的位置。我们在山峰凝望着这阴森的沼泽地。月光下的它一半银色,一半阴暗。远在几英里之外是格林盆的方向,一束黄光一直亮着。那只能是斯台普顿家的灯光。我一边看一边挥舞拳头,心里在怀恨诅咒他。

"为什么我们不第一时间抓住他?"

"我们还不能结案。这人十分谨慎奸诈。我们知道他干了什么,可我们得有证据。只要稍有差错,这个恶棍都可能逃之夭夭。"

"那我们能怎么做?"

"我们明天要做的事多着呢,今晚只能为我们可怜的朋友治丧。"

我们一起走下险峻的山坡。躺在银色石头上的黑色尸体可以看得很清楚。看着这扭曲的四肢我觉得心痛无比,眼泪模糊了我的眼眶。

"我们一定得找人帮忙,福尔摩斯!单靠我们没法把他抬回庄园,天啊,你疯了吗?"

他弯腰查看尸体,突然发出一声大叫。他突然大笑起来,手舞足蹈地晃着我的手。这还是我那严谨自持的朋友吗?这是他的心头之火,一定是的!

"胡子!胡子!这人有胡子!"

"胡子?"

"他不是准男爵。他是——我的邻居,那个逃犯!"

我们兴奋极了,赶忙把他翻过来,尸体滴血的胡子对着冷清的月亮。他有着突出的额头,像动物一样凹陷下去的眼睛。这的确是在石缝间的蜡烛照到的那张脸,那曾瞪着我的脸——这是塞尔登,那个逃犯。

我瞬间明白了。我想起准男爵曾跟我说过他把旧衣服送给了巴里摩尔,巴里摩尔又把这些衣服送给塞尔登方便他逃跑。靴子,衬衫,帽子——这些全都是亨利爵士的。虽然仍是一起可怕的悲剧,可依据本国法律,这人的确应受死刑。我如此这般地告诉福尔摩斯,心里充满感激和快乐。

"这么说就是这些衣服让他丢了性命。"他说,"很明显斯台普顿给这猎犬闻了亨利爵士的物品——很有可能是那只在酒店丢了的靴子——所以猎犬才会追着他。但是有一个很奇怪的问题,在这么暗的情形下塞尔登是怎么知道有一只狗在追着他的?"

"他听到狗叫。"

"这样一个丧心病狂的人就算听到沼泽地的狗叫声也不会畏惧,可他却突然这么害怕,冒着重新被抓的危险竭力求救。从他的喊叫声听起来,当他知道有猎犬在追他后他一定跑了很久,可他是怎么知道的呢?"

"假设我们的推理正确,我更想知道的是为什么这猎犬——"

"我从不假设。"

"好吧,那为什么偏偏是今晚把猎犬松绑了?我猜这狗并非无时无刻都在沼泽地上跑。除非斯台普顿有理由认为亨利爵士在这里,否则他是不会把猎犬放出来的。"

"这两个问题中我的更难解决,我认为你的问题很快就会有答案,而我的问题可能永远都是一个谜。现在的问题是,我们该怎么处置这可怜虫的尸体?我们不能把他留给狐狸和乌鸦。"

"把他藏在其中一个石屋里,直到我们跟警察报告。"

"说得不错。我和你把他抬到那边去肯定没问题。哎呀,华生,那是谁?正是他本人来了,真是鲁莽大胆!千万别表现出你的怀疑,一个字也别说,不然我的计划就泡汤了。"

我看见雪茄的红色火光,一个身影正朝我们这儿靠近。月亮照在他身上,我认出来了那短小精悍的身材和洋洋得意的步伐,就是那位博物学家。他看见我们时停了一下,之后又开始走过来。

"哎呀,华生,是你吗?晚上这个时候能在沼泽地上看见你真是件稀奇事儿啊。等等,这怎么了?有人受伤了吗?不是吧——千万别告诉我这是我们的朋友亨利爵士!"他快步走过来弯下腰查看尸体。我听到他倒吸一口凉气,雪茄从手指上掉了下来。

"这——这是谁?"他结结巴巴地说道。

"塞尔登,就是从普林斯顿逃出来的那个犯人。"

斯台普顿凶神恶煞地盯着我们,他尽最大努力掩饰住自己的沮丧和惊讶。他眼神锋利地在我和福尔摩斯之间打量。

"我的天啊!简直太震惊了!他是怎么出事的?"

"他好像是从这些山上掉下来摔断脖子了,我和我朋友正在沼泽地上散步,突然听到一声惨叫。"

"我也是听到了这惨叫才来的。我对亨利爵士总放不下心。"

"为什么偏偏是亨利爵士?"我禁不住问。

"因为我今晚叫他过来。他没来让我觉得很意外,所以当我听到沼泽地上的声音时我就担心他的安全。对了,"他的眼睛从我的脸上转到福尔摩斯,"除了惨叫声你们还有没有听到什么声音?"

"没有。"福尔摩斯说,"你呢?"

"也没有。"

"那你为什么要问这个问题?"

"哦,你也知道那些农民整天说有什么猎狗的幻影。他们说晚上在沼泽地可以听到。所以我就想今晚是不是也有这些怪叫。"

"我们都没听到呢。"我说。

"那你们对这可怜人的死怎么看?"

"我确信日晒雨淋和紧张焦虑让他失去了理智。他发疯似的在沼泽地上跑,直到最后在这里失足掉下。"

"这听起来很有道理。"他叹息一声,我觉得这是一声如释重负的叹息。"夏洛克·福尔摩斯先生,您又是怎么认为的呢?"

我的朋友欠了欠身致意。

"您认人可真快啊。"他说。

"自从华生医生来了,我们就一直盼着您呢。您也及时目睹了一宗悲剧。"

"是啊。毫无疑问我朋友的解释很正确。恐怕我明天得带着这不愉快的记忆回去了。"

"哦,你明天就要走了?"

"我是这么打算的。"

"您这次拜访有没有弄清楚一些事情呢?"

福尔摩斯耸了耸肩。

"就算一个人老想成功,他也没法事事顺心,一个侦探需要的是事实而不是传说或者谣言。这不是一宗令人满意的案子。"

我的朋友以一种最坦率且漠不关心的语气说道。斯台普顿依然在紧紧地盯着他。接着他转过来对着我。

"我本想把这可怜的家伙抬到我那儿去,可这会吓着我妹妹的。我想我们找点东西盖着他的脸,待到明天早上应该没问题。"

一切就这么安排了。我和福尔摩斯回绝了斯台普顿让我们留宿一宵的请求,回到巴斯克维尔庄园,而他则独自回家。我们回头看到他慢慢地走在沼泽地上,在他身后一团黑点正躺在银色的山坡上,那儿正是那人惨死之地。

## 第十三章

## 撒　　网

"我们终于要抓住他了,"我们穿过沼泽地时福尔摩斯说道,"这个人的神经实在是太强了!当他发现自己错杀了人,本应惊恐万分,可他却那么镇定。华生,我在伦敦时已经跟你说过我们的敌人很强,值得一搏,现在我得再跟你说一遍。"

"我很抱歉他居然看见你了。"

"起初我也是这么想的,但是我也无处可逃。"

"现在他已经知道你在这里了,你觉得这会对他的计划有什么改变吗?"

"他可能会变得谨慎起来,或是不顾一切想在第一时间采取行动。跟很多聪明的罪犯一样,他对自己的聪明才智自信满满,他以为已经完全骗过我们了。"

"为什么我们不立刻逮捕他?"

"亲爱的华生,你生来就是行动派,总是出自本能做事情。你想想,假设我们今晚就把他抓住了,我们抓他的理由是什么?我们什么都证明不了。这就是他阴险狡诈的地方!如果他是亲自行动的话我们还能找到证据,可如果我们在光天化日之下把那只狗拖出来,它的主人也不会因此而上绞刑架啊。"

"我们当然有证据啊。"

"连个影子都没有呢——一切都只是猜测。如果我们拿这些证据和故事上法庭会被笑话的。"

"还有查尔斯爵士的死啊。"

"死的时候身上没有半点痕迹。你我都知道他是受惊吓而死,我们也都知道是什么把他吓成这样。可是我们要怎么跟十二位神经麻木的陪审员解释呢?猎犬的标记在哪儿了?有它的齿痕吗?我们当然知道猎犬是不会咬死尸的,而且在那畜生追上他之前查尔斯爵士就已经死了。可我们必须证明这一切,现在时机还不成熟。"

"那今晚的事呢?"

"今晚也没好到哪儿去。这个罪犯的死和猎犬并没有直接联系。我们都没见过那只猎犬,我们是听到了,可没法证明是它追着这个逃犯,因为缺少动机。不,我亲爱的朋友,我们必须面对现实,那就是我们现在什么都没有,所以值得我们冒险制造机会。"

"你打算怎么做?"

"如果把事情的原委告诉劳拉·莱昂斯女士,我有信心她会帮我们。我自己还有个计划。多想明日之事也无用,可我希望明天,最后我们能占上风。"

我再也问不出别的东西。他一边走,一边沉浸在自己的思考中,我们已经到了巴斯克维尔庄园的大门。

"你要进来吗?"

"是的,我已经没有继续隐藏的必要了。华生,最后提醒你,别跟亨利爵士提起猎犬的事情。就让他以为塞尔登的死跟斯台普顿希望我们相信的一样,这样他会好过点,明天还有艰巨的任务等着他。如果我没记错,他明天是要去斯台普顿家吃饭的。"

"我也要去。"

"那你一定要找借口推脱,让他一个人去。这很容易办到。我想我们现在已经错过了晚饭,一起吃点夜宵吧。"

看到福尔摩斯,亨利爵士与其说是惊讶,倒不如说是喜出望外。这些天他一直盼着福尔摩斯能来。他发现我朋友一点行李也没有,也没有对此作解释的时候疑惑地扬起了眉毛。吃夜宵的时候我们尽量把他能知道的事情都告诉他。但在那之前我得把不幸的消息告诉巴里摩尔夫妇。巴里摩尔大大地松了口气,而巴里摩尔太太则提起围裙痛哭起来。对全世界来说他是一个暴徒、一半野兽一半魔鬼,可对她来说他永远是那个曾紧紧握住她的手的任性小男孩。如果连一个女人都不怜悯他,那他真的是罪大恶极了。

"自从华生早上离开后,我就一直闷在房子里。"准男爵说道,"我想我还是值得表扬的,因为我信守诺言。要不是我曾发誓在晚上绝不单独外出,说不定今晚会过得很愉快呢,斯台普顿曾来信叫我去他那儿。"

"你一定会有个愉快的夜晚的。"福尔摩斯一本正经地说,"顺带一提,你应该不知道我们曾为摔断脖子的你而致哀吧?"

亨利爵士睁大了双眼:"你这话是什么意思?"

"那可怜的坏蛋穿着你的衣服。恐怕把衣服给他的你的仆人,会因此被警察找麻烦。"

"那不可能,我记得上面没有任何标记。"

"那他还真幸运——事实上,你们所有人都很幸运,因为在这件事上你们所有人都违法了。作为一个负责任的侦探,我的首要任务就是应该把你们都逮捕了。华生的报告就是最有力的罪证。"

"案子办得怎么样了?"准男爵问,"你弄明白什么了没?自打来这儿后我跟华生表现得不是很机智呢。"

"我认为在不久后我就会把情况弄明白。这件案子真是最难办、最复杂的一宗了。我们还有几点没搞明白——可一定会水落石出的。"

"相信华生已经告诉你,我们曾经听到沼泽地上的猎犬在叫,所以我发誓这绝不仅是空洞的迷信之说。我在西部的时候也养过狗,所以我一听就知道是怎么回事。要是你能给它套上口罩绑上铁链,那你就是最伟大的侦探了。"

"我想如果你能帮我的话,我一定会给它套上口罩绑上铁链的。"

"你吩咐的,我都会办。"

"非常好,我希望你别问原因,照做就对了。"

"没问题。"

"如果你乐意这么做,我们的小问题很快就会解决。我相信——"

他突然停下来,眼睛定在我的头上方。灯光照在他的脸上,他是如此专注,一动不动,看上去就像一尊棱角分明的古典雕像——那是警戒和希望的化身。

"怎么了?"我们两个同时喊道。

他低着头,竭力掩盖激动的感情。他的表情依旧镇静,可眼睛闪烁着狂喜的光芒。

"请原谅鉴赏家的赞叹。"他一边说,一边朝对面墙上挂着的一排肖像挥手,"华生总说我不懂艺术,这是嫉妒罢了,因为我们对艺术总是有不同见解。这些肖像画得可真不错。"

"很高兴你这么说,"亨利爵士略带惊讶地看着我的朋友,"我不是很了解这些东西,我对马或者阉牛比较在行。我不知道你还有时间研究这些东西。"

"我一眼就能看出是不是好东西。我看到了,那幅穿蓝色丝绸的女士肖像一定出自内勒①之手,那幅戴假发的胖绅士肖像是雷诺兹②画的。我猜,这些都是家庭肖像?"

"是的。"

"你知道他们的名字吗?"

---

① 戈弗雷·内勒(1646—1723年),英国肖像画家。
② 乔舒亚·雷诺兹(1723—1792年),英国肖像画家。

"巴里摩尔教过我,我想我是学得相当不错的。"

"那个带着望远镜的绅士是谁?"

"那是巴斯克维尔海军少将,他在西印度群岛的罗德尼麾下任职。那边穿着蓝衣服拿着一卷纸的是威廉·巴斯克维尔爵士,比特[③]任首相时他是下议院委员会主席。"

"那我对面这个骑士是谁——穿着黑色天鹅绒和蕾丝的这位?"

"噢,你应该要认识他。这就是生出诸多事端的邪恶的雨果,就是他才有了巴斯克维尔的猎犬传说。我们可不能把他忘掉。"

我带着几分兴趣和惊讶看着这张画。

"哎呀!"福尔摩斯说,"他看上去像个安静温顺的人啊,可我敢说他的眼神很邪恶。我还以为他是个长得健壮的流氓呢。"

"不会有错的,画布后面写着名字跟日期,1647年。"

福尔摩斯没再说什么,但是他好像对那老酒鬼的肖像着了迷。我们在吃东西的时候他一直盯着画。直到后来亨利爵士回房,我才明白他在琢磨什么。他把我领到宴会厅的后面,把手里蜡烛举高,照着那幅褪色的肖像。

"你有看出什么吗?"

我盯着那顶宽大的羽饰帽、大波浪卷发、白色的蕾丝衣领,还有直率刻板的脸庞。他长得不算粗俗,可是却呆板严峻,薄薄的嘴唇紧抿着,还有一双冷酷无情的眼睛。

---

① 比特伯爵,英国贵族,指第三代比特伯爵约翰·斯图尔特,英国首相。

"像不像你认识的某个人?"

"亨利爵士的下巴跟他有点像。"

"可能有点吧。可是,等等!"他站上一张凳子,左手拿着蜡烛,右手弯起来遮住那顶帽子和长卷发。

"我的天啊!"我惊讶地喊道。

画布上是斯台普顿的脸!

"哈,你现在看见了。我的眼睛受过分辨人脸的训练,不会被装饰物干扰。看破伪装,这是侦探第一件要学的事。"

"可是这也太震撼了,这简直就像他的肖像。"

"是啊,真是有趣的返祖现象呢,无论是外形还是思想。研究这些家族肖像画足以让人相信转世投胎之说呢。那个人是巴斯克维尔的后代——绝对是。"

"还想谋财害命争夺继承人的位子。"

"就是如此。偶然看到的这张画给我们填补了最重要的空白。华生,我们可逮住他了。我敢发誓明天晚上之前他就会无助地在我们设下的网里扑腾,就像他那些蝴蝶一样。只需一根针、一块软木还有一张卡片,我们就能把他收进贝克街的藏品中了!"他转过来时爆发出一阵少有的笑声。我并不常听到他笑,只要他笑就预示着有人会遭殃。

第二天我起得很早,可福尔摩斯起得比我更早。我穿衣时看到他沿着车道走回来。

"今天将会过得很充实。"他一边说,一边兴奋地搓着双手,"网已经准备好,我们马上就要收网了。今天之内就能知道我们能不能逮着一条尖嘴大狗鱼,还是让他穿过网眼给逃了。"

"你已经去过沼泽地了?"

"我去格林盆村给普林斯顿监狱拍电报,告诉他们塞尔登的死讯,我保证你们没有人会卷进麻烦中。我还跟忠实的卡特怀特小伙计作了交代,如果不给他报平安,他准会像只小狗守着主人的陵墓一样,在石屋门口守着,最后憔悴而死呢。"

"我们下一步要干吗?"

"去见亨利爵士。呀,他来了!"

"早啊,福尔摩斯。"准男爵说,"你看起来就像一名将军,正在跟你的幕僚计划一场大战呢。"

"说得很对。华生正在听从调遣。"

"我也是。"

"很好。我知道你今晚要去斯台普顿家进餐。"

"我希望你也能来呢。他们都是非常好客的人,我确信如果看到你他们一定会很高兴的。"

"恐怕我跟华生得回伦敦。"

"回伦敦?"

"是的,我认为当下我们在伦敦会更有用。"

准男爵的脸拉得老长。

"我希望你能帮我解决好这件事。要我一个人待在这庄园和沼泽地可不太好。"

"亲爱的朋友,你必须毫无保留地相信我并完全按照我所说的去做。你就告诉你朋友,我们也想陪你去他们家,可是镇里有些急事要处理。我们会尽快回到德文郡的。跟他们这么说,你记住了吗?"

"如果你坚持的话。"

"我跟你保证,我们别无选择。"

我看见准男爵的脸上乌云密布,看来他以为我们抛弃了他,因此觉得很不高兴。

"你们打算什么时候走?"他冷冰冰地问道。

"早餐后马上出发。我们会先坐车去库姆特雷西,华生把他的东西都留在这里,作为他会回来的担保。华生,写张便笺给斯台普顿,告诉他你很遗憾不能去。"

"我想和你们一起去伦敦。"准男爵说,"为什么我非得一个人留在这儿?"

"因为这是你的义务。因为你说过你会按我说的做,而我告诉你要留在这里。"

"那好吧,我就留下来吧。"

"还有一件事!我希望你坐车去梅里丕,但是之后要遣走你的马车,让他们知道你打算走回家。"

"穿过沼泽地?"

"是的。"

"可那正是你千叮万嘱我不能做的事啊。"

"这次你会很安全。如果我对你的神经和勇气没有十足的自信,我是不会叫你这么做的,而且这么做至关重要。"

"那我会这么做的。"

"还有如果你重视你的生命,就走你平常回家的路,从梅里丕到格林盆大路的方向,千万不要往其他方向走。"

"我会按你所说的做的。"

"非常好。吃过早餐后我们得尽快离开,希望能在下午抵达伦敦。"

我对这样的安排感到很震惊,虽然我记得福尔摩斯昨晚对斯台普顿说他今天就要走,可我没想到他希望我跟他一起走,也想不通在这么个紧要关头我们怎么可以缺席。可我只能乖乖听话,于是我们便和我们悲伤的朋友告别。几小时后我们来到库姆特雷西火车站,我们遭走送我们的马车。一个小男孩正在月台上等着。

"有何吩咐呢,先生?"

"卡特怀特,你乘这辆火车去镇上。等你到了就以我的名义给亨利爵士拍封电报,告诉他我落了一本小笔记本,如果他看到了就请他挂号邮寄到贝克街。"

"是的,先生。"

"问问车站办公室,看有没有我的信息。"

男孩带着一封电报回来了,福尔摩斯把它交到我手上。上面写着:

"已收悉。正持空白拘令前来,五时四十分到。雷斯垂德"

"我今天早上叫他过来的。他算是警察里面比较好的,我们可能需要他的帮忙。华生,现在我们就趁着这段时间拜访一下你的熟人——劳拉·莱昂斯夫人吧。"

他的行动计划开始浮出水面。他利用准男爵让斯台普顿相信我们真的离开了,而实际上我们在暗中伺机而动。如果亨利爵士跟斯台普顿提起那封从伦敦来的电报,他一定会打消最后一丝疑虑。我已经看见我们的网在渐渐逼近这条尖嘴大狗鱼。

劳拉·莱昂斯夫人在她的办公室里。福尔摩斯跟她打开天窗说亮话,她听了后吃惊不已。

"我在调查查尔斯·巴斯克维尔爵士之死。"他说,"这位是我的朋友华生医生。他告诉了我你说过的事,还有你隐瞒了跟案件有关的事。"

"我隐瞒了什么?"她挑衅地问。

"你已经承认是你叫查尔斯爵士晚上十点在门口见面。我们知道这正是他的遇害时间和地点。我们还知道两件事之间的联系。"

"这两件事没有关系。"

"那这真是太凑巧了。但我想我们还是能找某种联系的。莱昂斯夫人,我就跟你说实话吧。这是一宗谋杀,而且证据显示这不仅仅跟你的朋友斯台普顿先生有关,还涉及他的妻子。"

那位女士腾地从椅子上跳起来。

"他的妻子!"她喊道。

"这已经不是秘密了,他的妹妹实际上是他的妻子。"

莱昂斯夫人又坐回椅子上。她的手紧紧抓住椅子扶手,她抓得那么用力,粉红色的指甲都变白了。

"他的妻子!"她又重复一遍,"他的妻子!他已经结婚了。"

福尔摩斯耸了耸肩。

"证据！我要证据！如果你能证明——"她眼睛冒出的火光已经超越一切言语。

"我是有备而来的。"福尔摩斯说着从口袋掏出几张纸，"这是四年前他们两个在约克拍的照片，背面写着'范德勒伉俪'。你可以毫不费力地认出他来，还有他妻子——如果你见过的话。这里还有三张信得过的目击证人写的陈述，他们能证明当时范德勒经营一家名叫圣奥利弗的私立学校。读一读吧，看看你还能说什么。"

她看着那堆纸，随后抬起头看着我们，表情僵硬，绝望无比。

"福尔摩斯先生，"她说，"这个男人跟我说只要我离婚他就会娶我。这个恶棍彻头彻尾地把我骗了。他从未对我讲过半句真话。为什么——为什么？都是我自作多情。现在我知道了，原来我不过是他的一个工具。我为什么还要对一个不忠诚的人表忠心呢？我为什么要护着他害怕他为自己的恶行遭罪呢？你想问什么就问吧，我不会有保留的。有一件事情我对你起誓，那就是我在写那封信的时候从来没想过要害那位老绅士，他是我最好的朋友。"

"夫人，我完全相信您。"福尔摩斯说道，"要您重新回想那些事情肯定也让您痛苦万分。如果由我来说发生的事情而您来纠正我话中的错误，您应该会好过点。是斯台普顿建议您写这封信的吗？"

"是由他来说我来写的。"

"我想他跟你说查尔斯爵士会帮你支付离婚的法律费用？"

"完全正确。"

"等你把信寄出去后,他又叫你不要赴约?"

"他跟我说如果有人发现我要钱干这种事情,他的自尊心会受到伤害的。他还跟我说虽然他很穷,但他会倾尽所有扫除一切分开我们的障碍。"

"他倒是说话算数。之后你就再没听说什么了,直到读到报纸知道查尔斯爵士死了?"

"是的。"

"他让你不要跟别人说你和查尔斯爵士订了约会?"

"是的。他跟我说查尔斯爵士死得太神秘了,如果我说了我一定会被怀疑。他把我吓到了,所以我才没说。"

"的确如此,可你就没怀疑过吗?"

她犹豫了一会儿,低下了头。

"我了解他。"她说,"可只要他忠于我,我就永远不会背叛他。"

"我认为总体来看,你很幸运能逃过一劫。"福尔摩斯说,"你手上有他的把柄,可是你现在还能活着。你这几个月就像是在悬崖边走路。莱昂斯夫人,我们得先走了,不久后可能还会来打扰您,祝日安。"

"困难逐个被击破,我们的案子终于要圆满结束了。"我们在等待城镇来的特快火车时福尔摩斯说,"很快我就能写一本当代最轰动、最怪异的犯罪案件集了。犯罪学学生都记得1866年在乌克兰的格罗德诺发生过类似的案件,还有南卡罗莱纳州的安德森谋杀案。但这宗案子有着独特的特点。即使现在我们也没确切证据能抓住这个狡诈之徒。不过如果今晚睡觉前我们还没能把他绳之以法,那就是天大的怪事了。"

从伦敦来的快车轰轰隆隆进站了,一个像斗牛犬似的矮小而壮实的男人从头等车厢跳了下来,我们互相握手,我注意到雷斯垂德毕恭毕敬地看着我的朋友,我知道从他们合作的第一天起他就从福尔摩斯身上学到很多东西。我还清楚地记得善于推理的这位是怎样用推理嘲讽注重实际的那位的。

"有什么好消息吗?"他问。

"这几年来最大的好消息。"福尔摩斯说,"距离采取行动还有两个小时,我们吃个晚饭吧。接着,雷斯垂德,我们要把你喉咙里的伦敦雾清一清,换上达特穆尔晚上纯净的空气。没去过那儿吧?你一定忘不了这初次拜访的。"

## 第十四章

## 巴斯克维尔的猎犬

福尔摩斯有一个缺点——如果能称之为缺点的话——就是他极度痛恨向任何人提及他的计划,直至计划完成。一部分原因无疑是因为他的天性,他喜欢掌控局势,并让身边人惊讶;还有一个原因是出于职业谨慎,他绝不会冒不必要的险。可这却让他的帮手和代理人深受其苦。我常常如此,却从来没有像这次那样受折磨。我们在黑暗中坐了很久的车。前面有严峻的考验在等着我们,我们终于能够放手一搏,福尔摩斯却一言不发,我只能猜测他的意图。冷风扑面而来,狭窄的道路两旁开始变得空空如也,周围漆黑一片,我知道我们已经重返沼泽地,不由得激动起来。马蹄的每一下奔腾,还有车轮的每一下翻滚,都把我们带进前所未有的冒险中去。

碍于车夫是雇佣来的,我们一直在说些琐碎的事情,而我们的神经因为激动和期待已经绷得紧紧的。当最后经过富兰克林的房子,离庄园还有行动地点越来越近时,我为能结束这种拘束的谈话而松了口气。我们没有在门口停下,而是在大道门口附近下车。付清车钱后,我们叫马车夫马上回库姆特雷西,而我们开始向梅里丕走去。

"雷斯垂德,你有带武器吗?"

这小个子侦探笑了一笑,说:"只要我穿着裤子,我就有后袋;只要我有后袋,里面就会有东西。"

"很好!我和我朋友也准备了武器以防万一。"

"福尔摩斯,你对这事真是守口如瓶啊。现在在玩什么游戏?"

"等待游戏。"

"哎呀,这看起来不是一个好地方。"雷斯垂德说着打了个颤。他盯着周围阴森的山坡还有在格林盆泥潭上的浓雾说道:"我看到前面那所房子有灯光。"

"那里就是梅里丕,我们的目的地。你们必须得踮起脚走路,小声点说话。"

我们小心翼翼地走着,看起来像是要走到房子那儿去,可当我们距离房子约200码的时候,福尔摩斯叫住我们。

"走到这儿就行了。"他说,"右边的这些石头是很好的屏障。"

"我们要在这儿等吗?"

"是的,我们就在这儿埋伏。雷斯垂德,来这个坑里。华生,你是不是去过那所房子?你还记得房间的位置吗?这边尽头有格子窗的是什么房间?"

"我想它们应该是厨房的窗户。"

"那边照得很亮的房间呢?"

"那里肯定是饭厅。"

"百叶窗都拉上了。你最清楚这里的地形。悄悄走过去,看看他们在干什么——但是看在上帝的份上,千万别被他们发现了!"

我蹑手蹑脚地走了过去,在一堵矮墙下弓着腰。这堵墙环绕着衰败的果园。在墙的阴影下,我走到一个能直接看到里面的地方——那里刚好没窗帘。

房间里只有亨利爵士和斯台普顿两个人。他们侧面对着我,围着一张圆桌而坐。他们两个都在抽雪茄,前面摆着咖啡和酒。斯台普顿活跃地说着话,而准男爵看上去脸色苍白,心不在焉。可能是想到要独自穿过不吉利的沼泽地,就让他的心头无比沉重。

我看到斯台普顿起身离开了房间,亨利爵士又倒了一杯酒,接着靠在椅子上抽雪茄。我听到门咯吱一声打开了,靴子走在碎石路上发出清脆的声音,这脚步声从我蹲着的这堵墙的后面经过。我从墙上看过去,只见在果园的一角,那位博物学家停在外屋门前。他把钥匙插进门后走了进去,里面传来一阵奇怪的声响。他只待了一分钟就出来了,之后我又听到门锁上的声音。他经过了这堵墙,又回到房子去。我看见他又回到客人身边,我悄悄地回去,我的伙伴正等着我告诉他们我看见的情形。

"华生,那女的不在那儿?"当我汇报完情况,福尔摩斯问道。

"不在。"

"那她能在哪儿？除了厨房其他房间的灯都没亮啊。"

"我也想不到。"

我曾说过格林盆大泥潭白雾弥漫，此刻这团雾气朝我们的方向缓慢飘来，像一堵墙般堆积在我们周围，虽然很低，但却很厚，而且轮廓分明。月光洒落，浓雾看起来就像闪烁发光的大冰原，远处的山峰就像这冰原上的岩石。看着这缓缓流动的浓雾，福尔摩斯不耐烦地嘟哝。

"华生，雾要过来了。"

"有关系吗？"

"关系大着呢——这是世上唯一可能打乱我计划的东西。已经十点了，他不会待很久。我们是不是能成功和他能不能保住性命取决于他能不能赶在雾遮住小路前出来。"

那晚夜色清晰，星星冷清明亮，一轮弯月洒下柔和朦胧的光，照亮整个沼泽地。前面的房子黑压压的，锯齿状的屋檐和竖起的烟囱在银光闪烁的夜空下格外分明，窗户透出的金光洒在果园和沼泽地上。一扇窗的灯突然灭了，原来是仆人已经离开厨房。现在只剩饭厅的灯还亮着，里面坐着心怀杀机的主人和一无所知的宾客。他们一边抽雪茄一边闲聊。

每过一分钟，那覆盖了过半沼泽地、白羊毛似的浓雾都在逼近房子。一层薄雾已经在包裹金色的矩形窗户了。果园稍远的墙已经看不见了，树立在白色水汽的旋涡里。薄雾已经包裹了房子，一拨浓雾缓缓而至，房顶和楼上就像一艘诡异的船，穿行于起伏的海。

福尔摩斯激动地敲着我们前面的岩石，不耐烦地跺着脚。

"如果他十五分钟之内还不出来，这条路就会被遮住，再过半小时就会伸手不见五指。"

"我们要撤回远处高点的地方吗？"

"对，这么做比较好。"

浓雾向前推进，我们向后撤退，离房子有半英里远才停下来，月亮的银光洒在白茫茫的雾海之上，雾气不可阻挡地缓慢推进。

"我们离得太远了。"福尔摩斯说，"他有可能还没到这儿就出事了，我们不能冒这个险。无论如何我们必须得守在这里。"他跪下来把耳朵贴在地上，"谢天谢地，我听到他来了。"

一阵快步打破了沼泽地的静寂。我们蹲在层岩后面，专心地注视着眼前的白雾，白雾如同镶了银边。脚步声越来越大，一个男人穿过帷幕似的浓雾，他就是我们要等的人。只见他走进清朗星光下，一脸惊恐地环视着周围。他在小路上迅速走着，经过我们身边后开始爬我们身后的长坡。他不停地回头看，看上去极度不安。

"嘘！"福尔摩斯道。我听到了他扣上扳机的声音。"快看！它来了！"

在那扩散的浓雾中持续传来一阵清脆而干净利落的啪嗒声。那团白雾距我们只有50码的距离，我们三个瞪着这团雾，心中充满恐惧，不知道有什么东西会从里面跑出来。我紧挨着福尔摩斯，瞥到他的脸。只见他脸色苍白，一脸兴奋，眼睛在月光下炯炯有神。他突然死死盯住前方，惊讶地张开了口。就在这时雷斯垂德一声大叫，把脸朝下伏在地上。我跳了起来,手迟钝地握紧手枪,这个从迷雾中蹦出来的可怕东西把我吓得茫然失措。一只猎犬,一只巨大无比的黑色猎犬跑了过来。平日里从未出现过这样的猎犬,火焰从它张开的嘴中喷射而出,眼睛里闪烁着因郁积愤懑而怒视的厉光,口鼻处、项毛还有下巴的垂皮在火光下闪闪发光。一个神经错乱的人也绝不会梦到如此凶残骇人的样子,地狱恶魔般的黑色身影从雾墙中跑出来。

这只黑色的庞然大物大步向前跑,逐步逼近我们的朋友。我们都被这幽灵般的猎犬吓蒙了,直到它跑过我们面前才反应过来。福尔摩斯和我一起开枪,那猎犬爆发出一声令人心悸的嗥叫,至少有一枪打中它了。但是它没停下来,而是继续往前跑。我看见远处的亨利爵士回过头,他的脸在月光下刹那变得惨白,手惊恐地举了起来,无助地瞪着这只正在跑向自己的恐怖之物。

猎犬痛苦的叫声把我们的害怕抛到了九霄云后。如果它会受伤,那就表示它只是肉体之躯,只要我们开枪就一定能打死它。我从没见过有人能跑得像当晚福尔摩斯那样快。我被公认为飞毛腿,可他居然跑得比我还快,就像我跑得比那矮小的侦探还快一样。我们在路上飞奔,前面传来阵阵亨利爵士的尖叫声和猎犬低沉的咆哮。我看到那只猎犬把亨利爵士扑倒在地,张开嘴准备要咬他的脖子。就在这千钧一发之际,福尔摩斯朝猎犬侧面连开五枪,把左轮手枪里的子弹都用光了。猎狗爆发出一声痛苦的低吼,往空中恶狠狠地咬了一口,便一个翻腾滚了下去,四肢在空中疯狂地乱蹬,最后软绵绵地垂了下去。我停下来,气喘吁吁地用枪指着那颗可怕的、还在发光的狗头，可已经没必要扣下扳机了。这只猎犬已经死了。

亨利爵士晕了过去，我们替他解开衣领，因为救援及时，他的身上毫发无伤。福尔摩斯松了一大口气，嘴里说着谢天谢地。我们朋友的眼皮微微发颤，他有气无力地想动动身子。雷斯垂德给准男爵灌了些白兰地，亨利爵士惊魂未定地盯着我们。

"我的天啊！"他小声说道，"那是什么？上帝啊，那究竟是什么东西？"

"无论是什么，它已经死掉了。"福尔摩斯说，"我们已经把纠缠着这家族的幽灵永远除掉了。"

光就体积和力量而言，眼前这只四肢伸展的怪物就已经够吓人了。它不是一只纯种猎犬，也并非纯种獒犬，而像是二者的结合体——凶猛吓人，有一头小母狮子般大。即使现在一动不动，硕大的下颌仿佛还在喷射蓝色火焰，凹陷的眼窝里凶狠的小眼睛还在冒火。我摸了一下还在燃烧的口鼻部，举起来一看，原来我的手指也着火了，在黑暗中发光。

"是磷。"我说。

"很狡猾的花招。"福尔摩斯说，他闻了闻那头猎犬。"这么一来就没有气味能干扰它的嗅觉。亨利爵士，我们欠你一个道歉，让你受到这么大的惊吓。我已经预料到是一只猎犬，但没想到会这么吓人，雾霾也费了我们一些时间逮住它。"

"你们救了我一命。"

"但首先让你处在了危险中。你现在能站起来吗？"

"再给我喝口白兰地就没问题了。啊！行了，请扶我一下。你们下一步打算做什么？"

"把你留在这里。今晚你不适宜再继续冒险了，你在这儿等着，我们会有人陪你回庄园。"

他摇晃着想站起来，可是双腿发软，仍不住打战。我们把他扶到一块岩石那儿，他把脸埋在手中，浑身都在颤抖。

"现在我们得把你留在这儿，"福尔摩斯说，"我们必须完成剩下的工作，每一分每一秒都至关重要。我们已经有证据了，现在只要把他抓住就行了。"

"能在房子里找到他的希望渺茫，"我们在路上跑时福尔摩斯说，"那些枪声一定让他知道游戏已经结束了。"

"我们当时离得有些远，而且雾那么重，可能会把声音压低。"

"我能肯定他一直跟在猎犬后面方便使唤。不，不，现在他肯定逃了！为了以防万一，我们还是搜一下房子吧。"

前门开着，我们冲进去把房间都搜了个遍，那老态龙钟的老仆人在走廊惊讶地看着我们。除了饭厅外其他房间都没点灯，福尔摩斯抓住一盏灯，把房子里的每个角落都搜得干干净净。到处都没有那个男人的踪影，可楼上的一个卧室门上锁了。

"里面有人！"雷斯垂德喊道，"我听到里面有动静。开门！"

里面传来低声呻吟和沙沙声。福尔摩斯一脚踹开门，我们三个拿着手枪冲了进去。

可是里面没有我们要找的那个亡命之徒。相反，房间里有一个奇怪的物体。我们惊疑地盯着它，足足站了好一会儿。

房间被改成一个小型博物馆，墙上挂着许多玻璃容器，里面是蝴蝶和飞蛾标本。这个复杂危险的男人把这当成他的消遣。中间立着根柱子，看起来已经有一段时间，用来撑着房顶被虫蛀蚀的旧横梁。柱子上捆着一个人，被层层床单包围着，无法辨别到底是男是女。嘴巴被一条毛巾塞着，还有一条毛巾挡住了脸，只露出两只黑色的眼睛——眼睛里满是悲伤、羞耻还有惊疑——在死死地盯着我们。我们马上把嘴巴里还有身上的布条撕了。斯台普顿太太一屁股瘫坐在地上。她头垂到胸前，我看见她脖子上有一道鞭痕。

"那个畜生！"福尔摩斯喊道，"雷斯垂德,把你的白兰地拿出来！把她扶到椅子上！她被虐待得精疲力竭，已经昏过去了。"

她又张开了眼睛。"他平安吗？"她问，"他有没有逃掉？"

"夫人，他逃不掉的。"

"不，不。我不是问我丈夫，我是问亨利爵士。他没事吧？"

"是的。"

"那只猎犬呢？"

"已经死了。"

她长长地松了口气。

"谢天谢地！谢天谢地！噢，这个恶棍！看他是怎么对我的！"她卷起袖子，我们惊讶地看到她的手臂上满是瘀青。"这不算什么——不算什么！他折磨的是我的思想和灵魂。暴力、孤独、欺骗，所有的这一切我都能忍，只要我对他的爱还抱有一丝希望。可现在我知道我被骗了，他只把我当成工具。"她一边说，一边放声哭泣。

"夫人，您已经对他绝情了。"福尔摩斯说，"请告诉我们在哪儿能找到他。如果你曾经帮他做过坏事，现在就请帮我们来赎罪。"

"他只能逃到一个地方。"她回答，"泥潭中心有一个荒废的锡矿，他把狗养在那儿，还在那儿做好避难的准备。他一定去那儿了。"

窗外的白雾如厚实的白羊毛，福尔摩斯拿起灯朝窗外望去。

"看，"他说，"雾太大了，他今晚不可能去格林盆泥潭那儿。"

斯台普顿太太大笑着拍起手来，眼睛和牙齿都流露着说不出的高兴。"他也许能找到进去的路，但永远别想出来。"她喊道，"他今晚怎么可能看得到指示标？指示标是我们亲手插的，我们就是这样标记穿过泥潭的路。啊，要是我今天就把这些标志摘掉，那该多好啊。这样的话他就真的栽到你们手里了！"

很明显在白雾散去之前我们都没法继续追捕犯人。雷斯垂德守着梅里丕，我和福尔摩斯则跟准男爵回到巴斯克维尔庄园。我们不能再向他隐瞒斯台普顿的事情了。当听到曾经心爱的女人已为人妻时，他勇敢地接受了这个打击。可当晚的冒险把他吓到了，他整晚都发着高烧，由莫蒂默医生照料他。他和莫蒂默医生决定一起环游世界，直到亨利爵士完全恢复，再回来接管这不祥的产业。

这则奇事已经接近尾声，我一直努力地让读者能感受到那种长期笼罩我们生活的黑暗恐惧，以及模糊的臆想。到了早上，猎犬已死，迷雾散去，我们在斯台普顿太太的指引下穿过沼泽地的那条小路。看着她急切激动地给我们带路，我意识到她一直活在丈夫的威慑下，承受了许多痛苦。来到一个地面松软的半岛,我们让她站在结实的泥煤地那儿,这半岛向沼泽地外扩,面积变得越来越小。半岛末端到处插着标识木棍,曲折地绕过丛丛灯芯草丛和飘着绿色浮渣的洼地,以及恶臭无比的泥潭。这地方简直生人勿进。茂密的芦苇和黏糊糊的绿色水生植物散发出腐烂的味道,一股浓重的瘴气扑面而来。我们不止一次走错路,脚立马陷进深及大腿的黑色沼泽里,走了好远泥巴仍粘在腿上。走路时仿佛有一股很强的力量在拉我们的鞋子,一旦陷进去就好像有人心怀毒意,故意把我们往下拉到那令人作呕的深渊里。我们只见过一点儿痕迹,说明曾经有人经过这条危险的路。软泥里有一堆羊胡子草,中间有一个黑色的东西。福尔摩斯跨步去拿,马上就陷进了泥潭,腰以下都被浸没了。如果我们当时没在那儿拉他一把,估计他永远都不能再踏上坚实的土地了。他举着一只旧靴子,里面的皮革印着"梅尔斯,多伦多"。

"值得我洗一个泥巴澡。"他说,"这就是我们的朋友亨利爵士丢了的那只靴子。"

"斯台普顿在逃跑时扔的。"

"正确。给猎犬闻了靴子后他一直把它拿在手上。等他知道大难临头时仍然不忘拿着它跑。他在这里把靴子丢了。我们至少知道到这为止他还是安然无恙的。"

尽管我们有无数的猜想,可除此之外我们一无所知。我们没法在泥潭上找出脚印,因为泥巴很快就会涌上来盖住它们。我们来到硬一些的地面上到处寻找,可还是没看到半点痕迹。如果这泥土没撒谎,那就是说斯台普顿昨晚在迷雾中没能去到那个避难小岛。就在这大格林盆泥潭的某处,这个心狠手辣的歹徒已被散发恶臭的污泥吞没,永远葬身于此。

我们在被泥潭包围的孤岛里找到许多那只猎犬的痕迹。一个大轮子还有装满一半垃圾的竖井说明这里有一个已废弃的矿井。矿井旁是矿工住的小屋,已经坍塌了,毫无疑问这些矿工被这里的恶臭赶跑了。这片废墟中有一根钉子,一条铁链还有许多啃过的骨头。这就是关着那头野兽的地方。这堆骨头里有个缠着棕色毛发的头骨。

"一只狗!"福尔摩斯说,"啊,是一只史宾格犬。可怜的莫蒂默再也没法看到他的小狗了。我不知道这地方还有没有我们还没弄懂的秘密。他能藏着自己的猎犬,但藏不住它的声音,所以沼泽地才会有那些就算在白天听起来也很可怕的吼叫。在紧要时刻他会把狗关在梅里丕的外屋,但它终归是个危险,只有在最重要的日子,他认为时机已经成熟时才会这么做。这罐膏体肯定是抹在狗身上的发光涂料,他一方面是受到家族的猎犬传说启发,另一方面是想吓死查尔斯爵士。难怪连那可怜的逃犯也会被吓得边跑边叫,即使是我们的朋友,看到这东西在黑暗的沼泽地上突然跑过来也吓得够呛。我们可能也会这样呢。这是一起狡诈的阴谋,撇开把人置于死地不说,许多农民都在沼地看到过这猎犬,可又有谁敢深究呢?华生,在伦敦时我已经说过,现在还要再说一次:我们从来没有抓过这么危险的人,而他现在就躺在远处。"他挥舞着长手臂,布满绿色斑点的辽阔泥潭向外伸展,直到与沼地红褐色山坡连成一体。

## 第十五章

## 回　　顾

11月末，一个阴冷多雾的夜晚，我和福尔摩斯围在火炉旁边，坐在贝克街的起居室里。自德文郡悲剧案件发生后，福尔摩斯又有两件重要的案子。在第一宗案件里，他揭发了在著名的那普瑞俱乐部丑闻中阿普伍德上校的残暴行径；在第二宗案件里，他为蒙庞西埃太太辩护，这位太太被指控谋杀她的继女嘉瑞小姐，而这位年轻的小姐在"谋杀"发生了六个月之后还活着，已远嫁纽约。解决了一系列困难重重的重要案件，我的朋友为自己的成功感到十分雀跃，所以我能趁机诱使他说出巴斯克维尔谜案的细节。我一直耐心地等着这个机会，因为我知道他不允许案件重叠。他逻辑清晰的头脑也从不把注意力从手上的工作转移到以前的回忆。但是，亨利爵士和莫蒂默医生来了伦敦，他们正在进行长途旅行，目的是让亨利爵士受创的神经恢复过来。他们正好下午来拜访,所以这话题自然而然就被提起了。

"整起事件,"福尔摩斯说,"从那个自称斯台普顿的男人的角度来看,其实非常简单直接——虽然对我们来说极其复杂。我们一开始不明白他的动机,只知道部分事实。我有幸和斯台普顿太太聊过两回,现在这起案子已经水落石出,再也没有任何我们不知道的秘密了。你在我的首字母为 B 的档案里可以找到这起案件的一些笔记。"

"你能凭记忆跟我说一下整件事的经过吗?"

"当然可以,虽然我无法保证能记住所有事实。注意力过度集中所导致的一个有趣的结果就是会忘掉以前发生过的事情。一位正在办案的大律师,可以在法庭上跟一个专家就他的领域进行雄辩,而一两个星期后他却完全忘了这件事情。我也是如此,每宗新案件都会把前一宗案件覆盖,正如嘉瑞小姐一案就使我对巴斯克维尔庄园一案的记忆模糊了。明天又会有其他能引起我的注意的小问题,而我又会把那漂亮的法国女士还有声名狼藉的阿普伍德抛诸脑后。我会尽量给你说清楚这起猎犬案子发生的事,对于我忘掉的细节,你可以补充。

"在侦查中我发现在所有的问题里只有家族肖像是不会骗人的,而这个家伙的的确确是巴斯克维尔家族的后人。他是罗杰·巴斯克维尔的儿子。罗杰是查尔斯爵士最小的弟弟,早年因名声败坏而逃到南非,死的时候据说是单身。可事实上他结婚了,还有个孩子,就是这个家伙，他的真名和父亲同名。他娶了一位叫贝丽尔·加西亚的哥斯达黎加美人，并且挪用了一大笔公共财产，之后改名为范德勒逃到英格兰，并在约克郡东部建了一所学校。他之所以会投身这个行业，是因为在一次回家的路上他认识了一个患痨病的家庭教师，凭借这位教师把事业做得风生水起。可惜好景不长，这位叫弗雷泽的教师死了，学校名声开始变坏，之后更变得声名狼藉。范德勒夫妇便化名斯台普顿，带着剩下的钱，对未来的盘算还有对昆虫学的热爱来到了南英格兰。我在大英博物馆了解到他是这一领域的权威，博物馆还陈列着一种首次被人发现的飞蛾，下面贴着范德勒的名字。那是他在约克郡时的成果。

"现在来讲讲关于他人生中我们感兴趣的部分吧。很明显这家伙探查了一番，发现在他和值钱的产业间横亘着两个障碍。我相信，他去德文郡之初计划还很模糊，但从他把自己的妻子伪装成妹妹来看，他抵达之初就已经图谋不轨。虽然还不确定怎么安排计划细节，可是他已经想好要把妻子当作诱饵。他的最终目的是要夺取产业，为此他不择手段并甘愿冒任何风险。他的第一个行动是尽可能接近祖居，第二个行动是要跟查尔斯·巴斯克维尔爵士还有附近的邻居建立友谊。

"爵士自己向他透露了家族猎犬的传说，为自己的死亡做了铺垫。斯台普顿，我就继续这么称呼他吧，知道老爵士的心脏很虚弱，只要吓吓他就能把他置于死地。他从莫蒂默医生那儿知道了许多事情。他还听说查尔斯爵士是个迷信的人，并很严肃地对待这个传说。

狡诈的头脑马上想到一个能杀死爵士却又不会被怀疑的办法。

"想好计划后,他开始使出许多手段。普通的罪犯只会想到用猎犬作案,而他却魔高一丈,想到用人工的方法把猎犬变得更像魔鬼。狗是他从伦敦富勒姆街两个名叫罗斯和曼格斯的狗贩子手里买的。这是他们手头上最强壮凶猛的货色。他乘坐北德文郡专线,又走远路绕过沼泽地,目的是不为人知地把狗运回家。在捕虫的时候他发现了穿过格林盆大泥潭的路,为那只猎犬找到了安全的藏身之处。于是他就把狗一直关着,静静等候时机。

"但这机遇过了一段时间才出现,因为无论怎么诱导,老绅士绝不肯在晚上踏出家门半步。有好几次斯台普顿带着猎犬埋伏却扑了个空。猎犬就是在这几次无果的尝试时被农民看到,于是恶魔猎犬的传说又添了几分新的信息。他希望妻子能引诱查尔斯爵士,可出人意料的是她死活不干。她不肯跟那位老绅士发生情感纠葛,让他落入敌手。为此,她遭到了丈夫的威胁,甚至是——我很遗憾地说——毒打。她怎么都不肯跟这事扯上关系,斯台普顿一时陷入僵局。

"查尔斯爵士一直把他当朋友。偶然一次机会,查尔斯爵士委托他做慈善工作的施赈人,负责处理劳拉·莱昂斯夫人的案子。他发现问题迎刃而解。他假装是一个单身汉,虏获了莱昂斯夫人的芳心,又跟她说只要她离婚就会马上娶她。他之所以会突然想到这个计划,是因为莫蒂默医生建议查尔斯爵士离开庄园,而他也假意同意。他必须马上行动,不然他的猎物就不受他控制。因此他给莱昂斯夫人施压,要她给亨利爵士写信,求他明天去伦敦之前能够在晚上见面。

之后，他又说些似是而非的话阻止她去，就这样他终于等到了机会。

"到了晚上他及时从库姆特雷西驱车回来，给他的狗涂上地狱火焰的涂料后就带着它去小门附近等待。受主人的唆使，那只狗跳过小门追着不幸的爵士，后者尖叫着跑到紫杉小径。一只巨大的黑色怪物朝自己跑来，嘴巴和眼睛都在冒火，在那阴森的隧道里的确是很可怕的景象，最后他因心力交瘁和受惊过度而倒下。猎犬一直在草地上追着准男爵，所以除了人的脚印之外没有其他痕迹。那只猎犬看到爵士一动不动地躺在地上，可能走过去嗅，发现他死了后便又回去了。莫蒂默医生看到的脚印就是在那个时候留下的。猎犬被主人唤回格林盆大泥潭，于是留下一个让当局疑惑、让乡间警觉的谜团，最后成了一宗由我们接手的案子。

"以上就是关于查尔斯·巴斯克维尔爵士之死的实情。你会发现这个阴谋实在是很狡猾邪恶，因为这根本不可能留下证据。他唯一的同伙永远都不会将他供出来，这并非常人能想到的丑陋手段只会让计划看起来更有效。案中涉及的两个女人，斯台普顿太太以及劳拉·莱昂斯夫人都十分怀疑斯台普顿。斯台普顿太太知道他存心谋害那位老绅士，也知道猎犬的存在。劳拉·莱昂斯夫人虽然不知道这些事，却明白她取消的约会正好跟死者遇害时间吻合，而这约会只有他才知道，但是，她们两个都受他摆布，所以他丝毫不怕她们。他的前半部分已顺利完成，可是更困难的任务还在等着他。

"斯台普顿可能不知道远在加拿大的继承人的存在。不管如何他很快就从莫蒂默医生那儿得知这个事实，后者还告诉他亨利·巴斯克维尔到达的详情。斯台普顿首先想到如果能在伦敦就把这位从加拿大来的年轻陌生人除掉,那他就不会来德文郡了。自从他妻子拒绝帮他引诱老绅士后,他就不信任她了。可他也不敢把她留在视线之外,因为怕她会摆脱自己,所以他带着妻子一起去伦敦。我发现他们住在克雷文街的梅克斯伯乐私人旅馆,我的小帮手也去过那家旅馆。他把妻子关在房间里,他自己则伪装成一个络腮胡大汉,尾随莫蒂默医生到贝克街,之后跟着他去车站和诺森伯兰旅馆。他的妻子已经猜到几分他的计划,却又害怕他——他一直虐待她——因此她不敢写信警告那个即将堕入危险的人。如果信落入斯台普顿手中,那她自己的性命都可能难保。最后,如我们所知,她采取了一个权宜之计,就是从报纸上裁下字词组成句子,并伪装字迹填写地址。信便寄给了准男爵,给了他第一次警告。

"对斯台普顿来说,拿到亨利爵士的物件至关重要,因为如果他要用猎犬,他总得有东西让猎犬闻了后再追踪。如他一贯的迅速和大胆,他马上就做这件事,可以想象他重金贿赂旅馆的杂役或侍女帮他把靴子偷出来。可没想到第一只靴子是新的,于是他又把新靴子还回去并拿到一只旧的——这是最有启发性的一件事,因为此时我们才明白我们在跟一只真的猎犬对抗,没有其他迷信之说可以解释为什么旧靴子不见了而新靴子却没被拿走。事情变得越荒诞离奇就越值得我们仔细检查,只要经过充分思考和科学处理,一个让案子变得复杂的核心就往往是突破口。

"第二天早上我们的朋友来拜访,斯台普顿一直在马车里跟着他们。从他知道我们住在哪儿,还知道我的长相来看,斯台普顿的犯罪生涯绝不仅限于巴斯克维尔一案。过去三年在美洲曾经发生过四起损失金额重大的入屋盗窃案,至今还没抓到歹徒。最后一起案件是五月在福克斯通庭院发生的,这件案件之所以会引人注目,是因为一个小男侍试图抓住蒙面劫匪,却被这个劫匪一枪毙命。我相信斯台普顿一直以这种方式补充他日益减少的财产,因此多年以来他一直是个危险的亡命之徒。

"那天早晨,他成功地从我们手里逃走,还告诉车夫我的名字。我们已经充分领略到他的才智和大胆了。就在那时他知道我在伦敦接了这宗案子,所以他已经没机会在伦敦下手了。于是他回到达特穆尔等待准男爵的到来。"

"等一下!"我说,"你的确正确地说出了事情的经过,可有一点你忘了解释,猎犬的主人在伦敦,那谁来照顾那只狗?"

"我也注意到这件事,这个问题至关重要。毫无疑问斯台普顿还有个心腹,尽管他不可能把计划和盘托出使自己受制于人。在梅里丕有个叫安东尼的老仆人,早在他们教书时他跟斯台普顿夫妇就已经认识了,所以他一定知道他们是夫妻。现在这个人已经逃离这个国家。安东尼这名字在英格兰并不常见,就像安东尼奥的名字不常在西班牙或讲西班牙语的美洲国家出现一样。这个人跟斯台普顿太太一样能说一口流利的英语,可带着咬舌的口音。我自己曾亲眼看到他穿过沼泽地,所以很可能当主人不在的时候是他在照顾猎犬——虽然他可能对猎犬的用途一无所知。

"斯台普顿夫妇回到德文郡后,你和亨利爵士很快就在那里跟上他们。插一句话说说我当时是怎么想的。如果你还记得,当时我在检查那封警告信时曾把它拿起来看有无水印,我把信拿到眼睛前几英寸的地方,这时我闻到了一股淡淡的茉莉花香。对一个犯罪专家来说要辨别出七十五种不同的香水是很有必要的,而我在办案时曾不止一次用到这种线索。这股香气表明有女人涉及此案,那时我便开始将注意力放到斯台普顿夫妻身上。所以早在我们去西部乡村前我就已经确定猎犬的存在,并猜到犯人是谁了。

"所以我的任务是监视斯台普顿。但是,很明显如果我跟你一起去他一定会有戒心,所以我骗过所有人,包括你,悄悄来到达特穆尔。我经历过的困难并没有你想象的那么多,而且这些小事一定不能干扰我查案。我大部分时间都待在库姆特雷西,只有要接近行动时才会去沼泽地的石屋住。卡特怀特一直陪着我,他乡村孩童的身份对我有很大的帮助。我靠他拿到食物和换洗衣服。我在监视斯台普顿时,卡特怀特也在密切地监视着你,所以我能跟进所有线索。

"我已经跟你说过,你寄到贝克街的报告很快能再寄回库姆特雷西交到我手里。这些报告十分有用,尤其是偶然揭露了斯台普顿的一些真实身份。我弄清楚了这对男女的身份,并最终搞清楚这宗案子。这件案子因为逃犯的出现以及逃犯和巴里摩尔的关系而变得复杂起来。而这也有赖于你行之有效地把事情厘清,尽管我从你的观察中已经得到了相同的结论。

"等你在沼泽地发现我时我已经把整件事情都搞清楚了,可是我缺乏证据。即使是错杀逃犯的事也没法将斯台普顿定罪,除了当场抓住斯台普顿之外似乎已经别无他法。所以我们把亨利爵士当成诱饵,让他单独留下,很明显他失去了保护。而我们这么做的代价是让我们的客户受到极大的惊吓,但我们成功结案并将斯台普顿推上毁灭之路。我必须承认,让亨利爵士遭受这些是我在整件案子中的败笔,可我绝没想到那只野兽竟会如此吓人,也没预料到浓雾让它短短一刻就从我们眼皮底下逃走。我们成功达到目的,莫蒂默医生也说代价只是暂时的。一趟长途旅行不仅能让我们的朋友恢复过来,也能治愈他的情伤。他对斯台普顿夫人的爱真挚深沉,对他来说,整个阴谋里最悲伤的莫过于被欺骗。

"现在就只剩下斯台普顿夫人在整件事情中所扮演的角色。毫无疑问她对斯台普顿怀着爱意或恨意,或者是兼而有之,这两种感情绝非互不相容,至少,这种情感很有用。在他的命令下她同意装成他妹妹,可他的控制还是有限的,她不肯成为帮凶。她已经准备好要在不揭发她丈夫的情况下警告亨利爵士,并一而再再而三这么做了。斯台普顿貌似是一个善妒之人,当他看见准男爵向他妻子求爱,尽管这在他的计划内,他还是忍不住爆发了,而这正好揭露出他一直在聪明地隐瞒着自己暴躁的本性。通过亲密的交往他知道亨利爵士肯定会常来梅里丕,从而为他制造了机会。但是,有一天危机出现了,他发现妻子突然背叛了他。逃犯之死让她发现了什么,她知道亨利爵士来进餐的那天晚上猎犬被关在外屋里。她谴责她丈夫图谋不轨,接着斯台普顿便大动肝火,这时她才第一次知道他有情人。

一直以来的忠诚瞬间变成满满的恨意。他知道她会背叛,于是便把她绑起来,让她没机会警告亨利爵士。毫无疑问,他是想在全乡村都以为准男爵是死于家族诅咒后——不用说他们一定会这么想——重新赢回妻子的爱,让她闭嘴。在这件事上他可是打错算盘了,就算没我们在,他也不会有好下场。一个骨子里流着西班牙血的女人是不可能这么轻易原谅他的。现在,亲爱的华生,我已经把这件有趣的案子的详情都告诉你了。如果还有什么疑问就得请你去看我的笔记了。我认为已经把一切都解释清楚了。"

"他不可能指望那只猎犬能吓死亨利爵士,就像吓死他伯父那样啊。"

"那只怪兽凶狠无比,而且处于半饥饿的状态。就算它的外形没把亨利爵士吓死,至少也能扫除一切阻碍。"

"你说得对。现在只剩一个问题。如果斯台普顿真的成为继承人,那他要怎么解释他一直以来隐姓埋名住在庄园附近呢?他不可能不引起怀疑和质问的呀。"

"这的确是个难题,你要是认为我能回答这个问题,那你对我真是期望过高了。我能调查过去和现在发生过的事情,但没法回答一个人将来会做什么。斯台普顿太太曾有几次听到丈夫讨论这个问题。她说有三个办法:他有可能在南美洲申请认领这笔财产,向那里的英国当局认证自己的身份,这么一来他不去英格兰就能继承财富;如果不得不待在伦敦,他就精心伪装一番;或者他可以提供证据和文件,把同伙伪装成继承人,之后再拿到部分资产。可以确定的是他一定会找到办法。现在,亲爱的华生,接下来的几周将会有一堆工作,我想今晚我们就过个愉快的夜晚吧。我已经在'胡格诺'订了包厢,你听过德·雷兹凯[①]的歌剧吗?请你在半小时内准备好,路上我们就在马希尼吃点晚餐,之后就去听歌剧吧!"

---

①让·德·雷兹凯,波兰歌剧演唱家,1853年生于华沙。